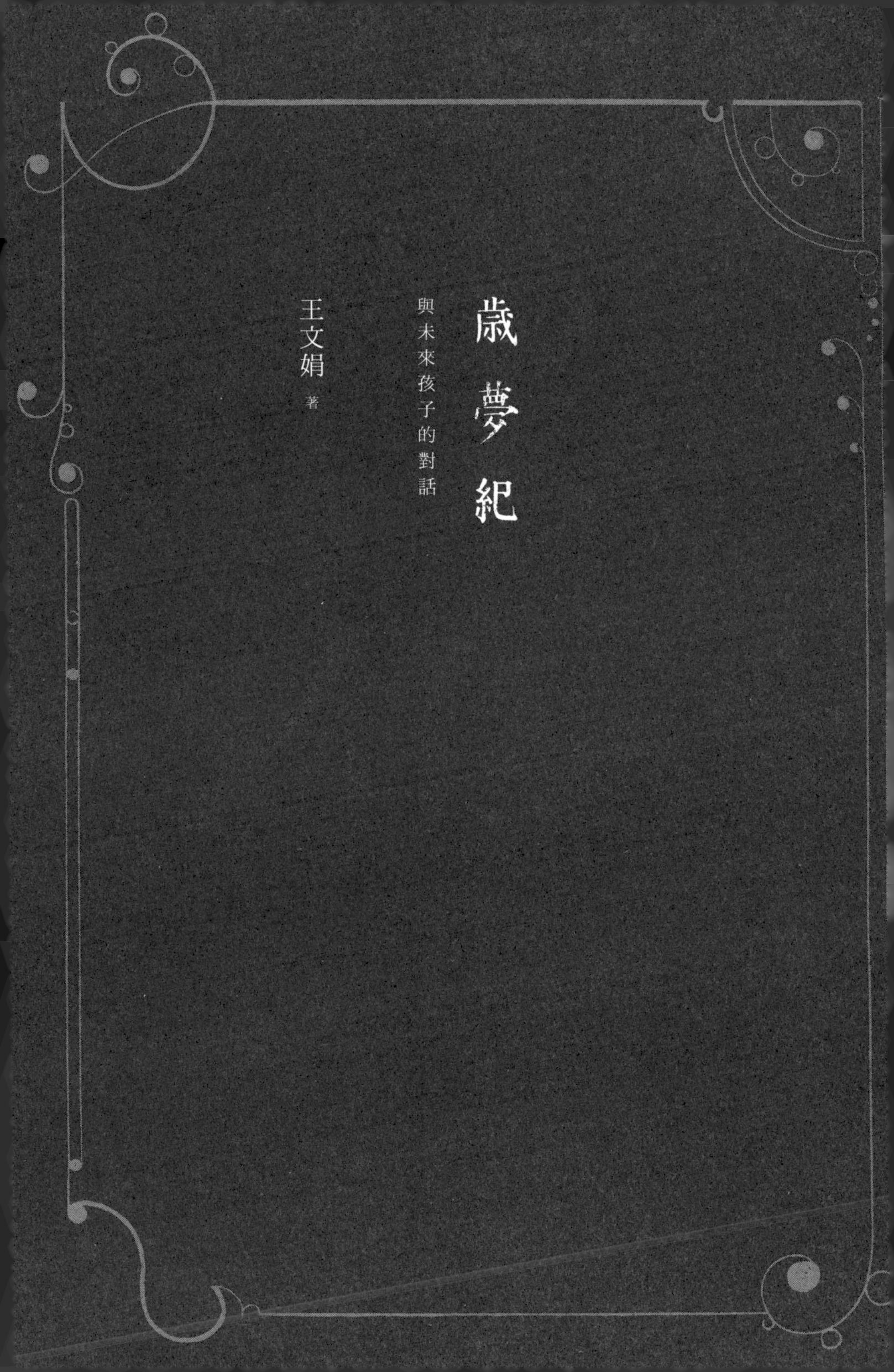

歲夢紀

與未來孩子的對話

王文娟 著

以持續不斷的想像和夢，
日復一日澆灌腹中的你／妳順利茁長的信心。
一如我們總是向記憶探問，
為什麼是這個我？為什麼是這個世界？
而當對話再次充滿了暗示和隱喻，
我們便終於可以與之和解，
從虛無走向愛。

《歲夢紀》用細膩溫馨的散文語言傾訴了懷孕九月的快樂和憂愁，感覺和感思。它思想性和親和力兼俱，是母親和寶寶的共同成長記錄，是懷孕指南，生活方案，也是心情寄語，心靈告白；是一本值得細讀的好書。

——作家 李渝

歲夢紀

與未來孩子的對話

目　次

e. 夏日午後有光

f. 共程之夢

g. 養

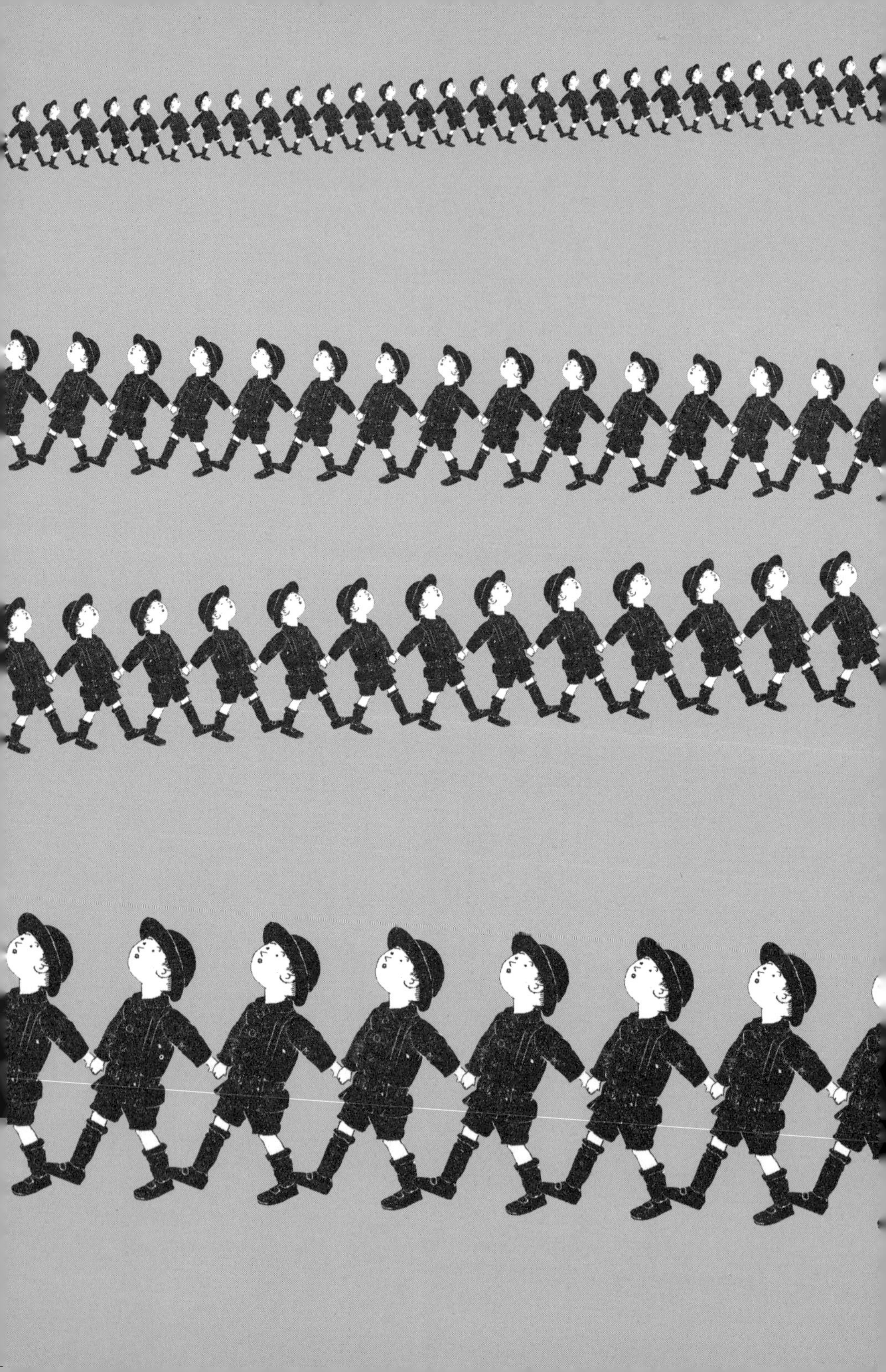

媽媽們的超時空通訊

（依姓名筆劃序）

剛懷孕的時候，我們的要求無比低微，寶貝，只要你和爸爸媽媽一樣，有眼睛有耳朵。慢慢的，我們變得貪婪，我們要你健康，不僅健康，還要聰明，不僅聰明，還要有濃密的頭髮有漂亮的鼻子。很快，我們開始想像未來：去，把爸爸的拖鞋拿來！來，把媽媽的杯子拿走！這樣，在你來到這個世界前，我們就為自己準備了非常響亮的晚年：你成了大腕，舉行選美，爸爸評美女，媽媽評美男，但是你自己一點不好色，娶了個樸實的姑娘，對我們很孝順……

——作家 毛尖

其實懷孕之前，我已經當了好些年的媽（家裏沒斷過的六七隻狗八九隻貓。總有那麼幾個會召喚出我的母性及對待），是故，證實懷孕近三個月時，我絲毫不覺任何異樣或珍罕，「不自由、毋寧死」，孩子的爸照例依我決定，陪我去一家私人醫院終止懷孕，術前的超音波檢查（是那七八十歲的老醫生的刻意安排吧），我平躺於冰冷的檢查枱上，老醫生指指屏幕要我看：「你看看娃娃正在拍拍手，」淚花晶瑩中，那是我們母女第一回相遇。

但也沒從此幡然醒悟，我始終迴避抵抗這身分的改變，那時兩人未有正職，寫作及收入還不穩定（哎呀和現在怎的一模樣），毋寧說我們過得更像學生宿舍生活吧，只幸虧平日挑食的我，那幾個月裏轉性了的極易照養，執拗起來非吃不可的既非寒夜裏的西瓜、也非盛夏夜的煲湯……，我只想吃那幼時染得紅紅像印泥的芒菓乾和隨便如何烹調的刀削麵，這兩樣都不難，每幾天唐諾便出草去信維市場的老趙牛肉麵向執爐的趙教官買一大碗麵回。

懷孕五六個月時，和爸媽天文去我好想去的埃及希臘土耳其一個月，旅途其實蠻辛苦，尤其在地中海島與島間的乘船，懷孕以來第一次也是唯一一次吐翻了。

登上雅典衛城那天，身體裏第一次有人伸了個懶腰，我因著那些日子無時無刻睜眼就見著的透藍的海，我心裏暗喊它「海盟，美呆了吼。」

但這不情不願的任性仍持續到最終那日，之前我很不遵醫囑的任意去了兩三次產前檢查，醫生說我骨盆構成介於男女之間，比一般女生窄，「娃娃頭好大，別把它吃太大，不然可能要剖腹生。」

我逃避這現實的躲老遠，不去上拉梅茲、沒學乳房保養以便餵母奶、沒學幫娃娃洗澡穿衣……，我甚至連產後所需之大小物件道具都沒準備，誰叫我家媽和姊妹都是養貓養狗沒養過人的。

預產期前兩天，終有那看不下去的侯孝賢親送來一藤編嬰兒車床，我謝他之餘不免嫌他太過緊張了，依我之見，那結婚不及兩年仍家徒四壁、櫃裏空空泛著木香的抽屜再適合不過，只消鋪上美麗的毛巾手帕，好像幼時我聽姆指姑娘時欣羨不已的以花瓣為床。

也許，一切因我對人對物對感情對人生的「野放」習慣吧。

但在這盛夏的午後靜靜讀完文娟此書，我才知自己錯過了什麼，且多希望那段人生能重來一次，我要學文娟睜大眼睛一瞬不移的逼視那生命中的神奇時刻，款款深情亦不失大器溫暖的及於他人大事，——我更想，能做她和名慶的孩子呀。

——作家 **朱天心**

我這一生最堅強最快樂最有勇氣的時刻就在懷孕的三十九週。體內醞釀的全新生命彷彿讓我擁有一把開啟靈魂的鑰匙；我只想告訴孩子生命的美與善，任何一種對俗世庸人的惡念都使我害怕玷汙最純真的靈魂，即使那時我確實面臨了職場最卑劣的競爭。我始終覺得從孩子選擇我做為母親那一刻起，是他所帶來最純潔初始的原生力量支持我相信這個世界會因為相信而更加美好，因為相信而寬容邪佞。《歲夢紀》從城市、家族、醫療到個體的觀照絮語，便是每個人心中「未來化身」最誠實的書寫。

——作家 **朱國珍**

某日穿著娃娃裝的緣故，被一位長輩誤認為懷孕了，我居然竊喜，絲毫不擔憂是否發胖的惱人問題——真想假扮懷孕啊！那勾起我當年懷孕時的驕傲。我猶然深深記得，隨時閉眼與他共遊太虛的時光，一次一次以腹語探問：你，從何處來？世間，再沒有更神奇、更神祕的創造經驗了。在妳見到那第一朵綻放的微笑前，妳祈禱，守護，等待，如此認真，如此虔誠，如此驕傲。

——作家　宇文正

難得冬陽暖照，洗小娃兒衣物。
柔柔的紗布衣，比手掌攤開稍大一些，那是要怎樣玲瓏的妙人兒才能穿下？
洗衣晾衣，平凡到無趣的家務，由於對即將展開的未來沒有邊際的想像，成了不能亦不願與人訴說的悸動。

——譯者　呂玉嬋

得知懷孕後，我和孩子的爹像兩隻鬥敗的雞，頹喪至極。一週後，「怎麼辦？」「那就生了吧。」我們以簡省的話語，不情不願，勉強確定了小生命和我們一生一世的關係。這孩子在媽媽肚子裡，便以其雍容大度，安靜無擾，原諒了爸媽的無知。到她出生三個月後，照片裡堅毅的嘴角，竟已透出了成人的意味。這孩子，天生懂得包容時常犯下無知的媽媽，她已經是二十一歲的大姑娘囉。

——文字工作者 **李金蓮**

我懷孕的過程充滿了許多不安。本來沒有計畫要懷孕，意外中獎後，憂鬱症和邊緣人格發作，有一陣子甚至需要靠藥物控制。

有一天和老公大吵一架，我一個人躺在床上生悶氣。躺著躺著，突然覺得肚子小小地「啵」了一聲。過了一下，又一聲。過了幾分鐘，才遲鈍地發現，那就是胎動啊。好像也是從那一刻起，我的懷孕和我整個人，都慢慢地一步一步地，穩定了下來。因為寶寶和我，從那一刻起，都變成了「真的」。

懷孕生子後，我打從心裡覺得，這件事對女人和孩子來說，是一場災難級的考驗。但是如果通過，女人和孩子，都會變得更加堅強。

——詩人・譯者　**林蔚昀**

一直將懷孕視為我與孩子的私旅，當醫生照向子宮的那一刻起，就展開了我們的泅泳。我不善泳，不由浮沉起落，無能成為這趟旅程的領航者，孩子卻通過伸展身體、超音波、都卜勒，堅振一位母親對生命原初的敬意與學習，以臍帶為繫，相伴在黝黯但寓無限可能的深海中，彼此探索，也一同探索——我當作他的眼，描述星月流雲；我當作他的腳，踩踏季節變換……懷孕歷程中的私語叨絮，共感天地，是我生命中至為單純、美好的幸福！

——台南大學戲劇創作與應用學系副教授　**陳韻文**

都說懷孕後，女人會不自主底成為一頭焦慮煩躁又溫柔繾綣的母獸，鉅細靡遺地蒐羅種種嬰兒用品大肆清掃家居所謂「築巢」。我的本能想必也是有的，但被壓抑或是刻意忽略著：各方親友送來的小紗衣小帽子小手套小襪子，還有身為初心人母總是要小小添購的小紗巾甚或超齡購買的童裝等等。漫長時光中這些衣物或新或舊地一直壓在箱底，心裡總有謹慎的不安：「還是等一等再整理吧。」雖說孕期平順無波，但不曾忘記生命之不可測，透進一束光的命運門縫隨時可能咿啞闔上。亦是隱隱擔憂著，過早的準備與張揚熱烈的喜悅，會引來角落邪神蠢蠢欲動的窺伺。是到了最後一段日子才終於莫名地放心了，彷彿已入港的旅人，知道這段航程終將安穩抵達。我將一件件衣裳清洗乾淨，宣示性地高高晾起。望著在陽光下伸展開來的白色紗衣彷彿若有形體，細細揣想腹中小獸可能的形貌輪廓，孩子，你真可能是這麼小而精緻？那麼，請你平平安安地來吧，我們都在這裡，等你。

——陽明大學視覺文化研究所助理教授　黃桂瑩

一個流浪的靈魂抵達肥沃平原，著床了，妳漸次隆起的腹部是神祕的小宇宙。妳以為妳對生命已瞭若指掌，再不可能有什麼新鮮了，錯！當妳懷孕，體內未命名的星球運行，讓妳一日三吐，妳才恍然大悟自己幼稚一如憨童。但當妳挺腰站起，感應這小星球傳來的星際密語，妳又無比堅強，彷彿跟神借了膽。

——作家 **簡媜**

序場

在……之前

那時，宇宙仍在向外擴張膨脹，且沒有邊界和盡頭。

星球與星球間，即使靜止，仍然以誰都無能察覺的運行狀態遠離彼此。

那些體貌各異的眾世界：有的像雪景球，精緻的模型靜物被一透明圓罩嚴密圍裹，晴雨春冬都闃寂無聲；或竄生各種奇異形色植物，狂野漫無秩序，渾不知限制何在；或從中心洞穿，一匹不知來源的瀑布嘩嘩流瀉。有的滑溜綿軟似果凍或乳酪。有的折了邊缺了角，天不圓地不方如一傾覆中的巨艦。有的熱中變溫變色。有的披覆長長的動物皮毛。有的擠滿漂浮島嶼其上遍築玩具城堡。有的看似一張無時不在嘲諷的臉孔……

只有一顆她覷不清。怎麼都不行。也許每個人根據自己的心智、經歷、家庭背景和愛人的能力多寡，對於隸屬自己的星球有著程度不一的迷障。她則算是比較嚴重的。

從每個無以數計的，星球與星球不斷重演相遇和離開的一瞬，她隱約感受某種質地尖銳的對比，看似冷硬的外殼下包藏的是熔岩般的不穩定熱流，也許，一不小心就氾濫而傷人傷己。

每次都告訴自己，還是安於冷清的好，卻仍然在某些真空般的孤獨時刻，忍不住發出微弱的訊號，「有誰在嗎？收到請回答。」

由她眼中望去的滿天星斗，都在眨著眼。

沙沙——沙，總是收不到回應。

然而仍可以繼續等待並相信嗎。

果真可能應驗嗎：此生極少數才浮現即篤信不移的預感，某個命定的瞬間，兩個遙隔千百光年億萬劫的星球接收到對方的頻道，宇宙就會暴然塌縮一角，它們將以比光速比人子一念更快的速度奔赴彼此，不會衝撞至形神俱滅，而是相親相容，全心全靈地擁抱，壓縮成一顆葡萄柚的大小。時間歸零，生命從一枚細胞源起。

不確定這是否算是一則發向未來的「尋人啟事」。

a. 伏流

一∫二週（2/16∫3/1）

這個宇宙只是眾多的宇宙之一；所有的宇宙都是從無中自然生出，各自擁有不同的自然法則。

——史蒂芬．霍金《大設計》

回想這兩週時的我，只是無知無覺，彷彿沒有地圖的旅人在生活中盲走。

關於孕期中必然會經歷的擁抱、微笑，親人間凝視彼此眼瞳中意義浮動的黯黝與星芒，長輩與友朋刻意低調不張揚的祝賀——懷孕未滿三個月不可說喔，現代生活少數被記得並在意的傳統禁忌——仍像是凍結於未來蠟像館的面具，靜待一句宣布喜訊的話語，春日的第一聲雷，驚蟄生機。

至於某些孕婦的特權——坐公車捷運有人讓座，賴床受寬容，寒冷的冬夜想念酸梅湯並使喚得動人去張羅……等等，則有如輾轉換車的長途旅行在疲累、孤獨中一瞬劃過窗外的美景，都是攀過孕期中期以後的事了。

誕生與死亡將在同一條時間軌道奔赴。前者增加一個生命中無法取代的人，卻完全無法稍微阻攔衰老和疾病，如看不見的細絲，將十多年來形同家人的小動物們層層纏繞、收緊。

在未來的十個月，這兩股力量將反向拉扯，如同活在濕潤與乾縮並存的平行世界，它們的距離甚至可以是貼膚之隔。一方讓想像的萬物一夕抽長，違反物理限制的藤蔓可憑空攀爬上天；另一方則是無聲張開的裂隙，隨時等待有人跌落。

雖然，某種類似體溫、氣味、毛皮的觸感、氣流通過聲帶共鳴的音頻，仍然如細微的毛屑粒子，懸浮於起居的動線周遭，劃開空氣復又聚合，但最核心的什麼，彷彿被怪異地置換，重量輕了，軸心歪斜，色階調淡，即使都只有差那麼一點點。

當然，這些都是至少一、兩個季節更迭，或者更久以後，才會逐漸如實的細瑣小事了。

沒有預感。我如常坐在你父親的機車後座，環抱他的腰間，重複過著二十幾歲以來在台北認識後的每一日。

機車是屬於我們倆的第一個「房間」，一個坐墊、兩顆輪子、一盞燈、兩條握把，簡單，機動性強，四面通風，是最接近城市天候的觀測站。

秋日天空藍得透明的時候，彷彿就這麼騎到天涯海角也沒有問題。夏日午後令人措手不及的夕瀑雨，總在裸露肌膚的臉頰手臂一次次重複刺痛地烙印。我們總懷疑，這挾帶日頭餘溫、飽含雜質的凶悍雨箭，是否比單純的自然現象多了些病態躁鬱的訊息。

而這個城、這個島，以及島之外的世界，它們各層面的變化嘩嘩瀝過人們的記憶。時代淘洗的加速度，在過去十年間特別有感。那正當青春如潮水退去，不得不逼視裸露而出的地貌浮雕，並領悟時間的恩賜有其盡頭，生命只會更加嚴苛。

我們仍然騎著同一台一二五ＣＣ三陽牌寶藍色機車，但除了類比心臟的引擎，其餘如電路、儀表板、椅墊皮面、煞車、火星塞、油箱、後照鏡、大燈、輪胎、鑰匙孔……幾乎都整修過或置換了。每一道傷疤都是一個座標，指向一次在路上意外的擱置。

逐漸領悟，也許機車是隱喻，之於微渺人生和世事的對應。

那彷彿強逼我們練習，怎麼岔題、繞路、修補、擠壓和替代，將一條完整的路線移出部分，再想辦法填回缺口（有時就真的回不去了，走入另一條路的風景），有如反覆拆解機械齒輪關節的細微動作，同時也逐漸磨掉情緒，震驚、荒謬、被耽誤的氣惱、焦急。

如果這是一種善意的敦促，那麼到底等在前面的命運是何許怪物，要時時刻刻磨刀整備呢？

事後，甚且可以閉起眼睛，在黑暗中以記憶畫出亮點，它們之間的複數連結，由點到線到面，哭笑不得的，我們把一條簡單的馬路，「很機車」地騎成鐵道的交錯縱橫。

那段時間，也是我們漫長學校生活的結束，進入社會，學習扮演系統一顆還不夠圓滑世故的螺絲釘。

在如呼吸起伏般湧起又潰落的車河，勞動大軍顯影的魔幻時刻，上班下班，期待假日和每個月的第五日，卻仍刻意保留自己才知道的內在祕徑，通往那些從他人作品借來的輝煌迷宮。

說不定你是冥冥中無以名之的張力（比如靈感之於努力、才氣之於自律），凝聚成一個孩子的形貌，以此激勵我們想起創造本質的純粹和天然。我們是多麼渴望知道，為什麼是這個你？又為什麼選擇了我們？如果早一點或晚一點，你還是這個你嗎？

鐵道之夢，也許。彷彿進入別人的夢境，在夢裡尋夢。

少女的我，坐在斑駁的人造綠皮座椅上，西斜陽光從潛水艙般的厚重玻璃窗戶無聲躡入。這是一截有歷史的慢車車廂罷，零件的連結不那麼密合了，一邊發出巨大的聲響一邊前進或者停靠，車內滿室光影變幻如玻璃酒杯晃搖，一路荒山野嶺和青翠水田小鎮人家交錯輪替，影片般在窗外循環播放，車內沒有人說話，沒有智慧型手機、平板電腦、掌上型遊樂器，乘客們有的披衣假寐，有的埋頭吃便當，有的看報，有的戴著隨身聽耳機，封隔外界的紛雜聲響。

如同默片，但空氣裡有一種層疊眾人氣味與情緒的滯悶。

像是每個人把自己遊歷在外的故事，作為行李隨身攜帶，卻從來不看著彼此的眼睛，不交談訴說。我感覺汗珠像細小的泡沫，從體內深處源源冒出，緩慢爬動搔刺著肌膚。

「就這麼甘願回去了嗎？」

如果決定中途下車呢？另一個我將在車上，看著那個在野地中無目的漫遊、不急著找路回家的我，平行於不同時空不同命運的自己從這一刻，無數的這一刻，開始擁有不同的人生。

像是電影《雙面薇若妮卡》，離開車廂的我，並沒有成為人母，仍擁有少女般的精神、情感、體貌，仍然在人群中輕易感到孤獨無依，沉溺於每個躊躇的時刻，期盼受傷與傷癒後一點一滴獲得的釋放感和新人生，並目送更多平行的自己離開，最後終於變成車窗上滿眼星霜且嵌著背後無數來來去去過客疲憊、冷漠、防衛側臉的倒影，與此刻甚至是過去的自己徹底決裂。

也許在某條小巷裡，我和自己相遇，擦肩而過，卻對面不相識。「那不是我的人生。」她們彼此在心中低語。

這陌生感如此淡漠無傷，所以我沒有察覺，或至少是一再錯過察覺的時機。那少女的我從不為誰而活只為自己美麗，像是這環島鐵道越來越多荒廢無人的小車站，孤高坐看一片無主的海洋，寂靜，開闊，但也自生自滅，從未成為誰的鄉愁，不當認真參與誰的生命，因而誰也不來參與自己的焦慮，如無雲之夜的月亮映於海面的光華，靜靜燒灼。

如果我下車，我照舊是原來的我。但留在車上的我，像是在那解體分裂的瞬間猛然省察，不是我作著搖搖晃晃地移動著的鐵道旅行之夢，而其實是那鐵道，那車廂，正夢著我。

我是無數來來去去過客中太渺小隨時可被替代的一分子，甚至不會出現在那多少使我迷惑傷感的、我自己的車窗倒影中。

於是，或許並未錯過。

現在我是鐵道之夢眾人中的某人了。這才得以安然地與自我消散的空無共處，在過往無從想像的存在維度上重建和指認，那些在車外張望的熱切，屬於為求一子女而受苦的人們；非自願的中途下車者的落寞，因為胎兒發育缺陷、先天疾病、被強暴、未婚媽媽、性別不符期待……關於上車與下車的人生悲喜，他者之夢，孕育者原本都可能是自己。

也許我早已見過你，夢過你，只是還沒有認出你。

在夢裡它顯得如此真實而可期。

時　記

無需太久，用來丈量自己未來四十週生活合宜與否的浮標，就會因著親友、過來人、專業書籍等洶湧如大水而來的善意和經驗談，以及醫生的診斷和產檢的排程，而開始反覆練習調校水位的標準。

懷孕像是一種未來化身的邀請，讓人感覺可能可以一窺它的誠意；卻又掩藏不住惡戲的本質，只揭示和預言某個局部，更多的留白繫住的是迷惑、猜測，和無以名之的感觸。

也許會因身體不適而受苦，為自己的母性遲遲沒有湧現而懷疑，是否適合成為母親，或者著迷於寶寶成長階段的描述並定期確認，也急著知道成為「容器」、「培養皿」後，要如何為了接引一個正常健康的新生命，重新學習如何坐臥行止，如何傾聽、感受、辨別，以不漏接任一來自身體的微妙訊息。

雖然仍同時感覺到如此陌生和恐懼。原本視而不見的身體，將透過別人眼光的介入，被抽象的符號放大、檢視其存在。身體不再是私人祕密，它被公開，像故事和流言被傳閱，甚至無意間被消費；也於是，如何找到自己對於懷孕和生產過程的觀點，就是掌握了敘事權。文字將從未像現在感覺如此被需要。

三週（3/2～3/8）

終於放晴又聽到鳥聲。山櫻樹上一對白頭翁交頭接耳。他們在商量等花謝了葉子長密就結巢吧。寶寶出生時剛好櫻桃也熟了。

——陳育虹《二〇一〇陳育虹：365度斜角》

半野生。保羅．奧斯特小說《布魯克林的納善先生》的敘事者納善說，「我在尋找一個安靜的地方死掉。」於是他選擇搬到布魯克林。我們婚後一年，只憑初次印象，便決定將未來幾年的人生，託付給位在城市東南山區一棟與自己年齡相當的老公寓。後來回溯，這實是有些魯莽的決斷，恍若印證，生命自會尋找適合的降生之處的神祕本能。

不知道日後在回憶中，你的出生地會以何種形貌、氣味、音聲和光度被反芻、重建，或是全然的空白？它本應是塊陰影之丘，被死者睡眠之地圍繞，遠一點則是垃圾坑，物的生命終點站，與被圈禁如微型諾亞方舟的動物園、以纜車接駁觀光客的茶鄉比鄰。一出門，只要假想把高架橋、建物、車子、退休老人、下班後的文教資訊業公務人員和狗從視網膜刪除，像那些近來用於裝潢設計的三D電腦軟體，就剩下樹。

榕、樟、楓香、玉蘭、洋紫荊、橄欖、鳳凰、黑板、美人、盾柱木、刺桐、檬果、茄苳、烏桕、福木、印度紫檀、小葉欖仁、台灣欒樹、木棉、白千層……無論高大、橫展或旋曲、綠意密聚或清瘦骨稜，樹都是時間養大的，又自外於時間自生自繁，蜂鳥撲翅般無一瞬不動不變，卻看似不變，像是數學定理的純粹，讓我們遙想世界初始的面貌。

樹木自有一套語言和生生死死，寄住著年年響起的蟬聲，清秀或華麗的蝶蛾、跳躍多於展翅的鴿子、麻雀和烏秋，樹下則有野薑花、姑婆芋、桂花、仙丹、杜鵑、鳳仙花和野草榮枯，季節飛行彷彿無限循環，搬遷至此前只在城市裡打轉的生活，恍惚的時候回想，好像前世。

分裂。一待要進城，得先低頭穿過亡者之地，加起來長度不到一公里的兩個隧道，像一個儀式，我們換穿衣服掩蓋化外之民的記憶和基因，像調整音量的旋鈕光速做回一個落籍今生的文明人。

多半我會感覺不捨，於是把街景當成樹林想像。這並不太困難，某種程度來說，只要少一點一廂情願，就能看出它們之間不少的共通點——雜亂、散漫、擁擠、藏汙納垢、無政府狀態……

卻仍然有什麼不一樣了。城市的每一天都可以是節慶——購物飲食娛樂服飾書籍特價折扣券物質橫流，便利商店的集點放送贈品兌換一輪接一輪，推介如何過日子的市集展覽塞滿媒體和你我的週末假期，科技產品爭先逐後推出新品自我取消前一代，甚至人們自己都可以透過醫美自體更新越活越年輕——同時也可以這麼快地死去，被替代，被遺忘。

流行，時尚，消費，偽季節風，來勢如此猛烈，空前自由也如此失重。自然的氣息和觸感尚殘留於我們的腳底，如新踩過的落葉，又得勉強隨人造氣象擺弄，踉踉蹌蹌，也不知要被帶往何處。

若是沒有你，也許我們就會一直與這座城貌合神離，安於當個分裂人格者，直到從彼此眼中看見兩家血脈到此斷絕的景象，像兩滴微不足道的雨水，將空氣中微塵織起的薄膜滴穿，落在注定越來越稀少的柔軟土壤，置身於蝸牛屍體、蟬蛻、蚊蚋蟲蟻、蚯蚓、狗大便之間，腐朽的狂歡中，無足輕重地迸裂。

然而不再是自以為的盡頭了。夠幸運的話，我們將親手呵護一棵小「樹」苗的成長，會更具體看見夢的有效期限，得趁你還能隨身攜帶，到島的各處住遊體會生活的歧異光譜，並且煩惱，到底該選擇哪裡將你「種下」，除了以自己的餘生供應養分，更要學著交給環境風土的扶持，直到你儲滿離開的力氣，我們連同那塊土地，於是可以心甘情願成為你的故鄉。

關於每個人一生少數幾次決定性的大遷徙，之於命運全景圖像的變動，即便在多年後回想，仍不容易捉摸意義。

比如我們的上一代，你的外公外婆，在七〇年代末，還只是一對初入中年的漂亮夫妻。他們從島嶼東部小鎮北上進城，像當時許多首都外居民對中心的嚮往，台北是好地方，時髦，現代，新興建設如新芽冒出，不久便成林，他們看的國宅大樓，十棟白色十二層樓建築一字排開，如巨型樂高積木（作為該區的地標，一直到三十多年後才易主給眷村改建的更高樓），俯視周圍的低矮眷村、小學校、公園和違建，裡面有一間三房兩廳的單位，是這五口之家預約的搖籃，一坪六萬元，就能買下成為台北人的資格。

大約前後同一時間，已住在城市的你的爺爺奶奶正商量著，要移民到美國的可能。爺爺在駐外單位工作，先前跑船，視野如多個超廣角鏡頭可容納一個地球。但不知怎麼，這個移民之夢最後並沒有成真。追問你奶奶原因，她的時光紀事如陸沉缺角，已找不著答案，我們猜想，那也許是愛夢想的輕盈和求務實的沉重、兩種個性極端下的妥協。

如果當時走成了，那還來不及兌現的另一個人生，怎麼跟現在的他辨明「哪一個比較好呢？」若美國人的他如實，或者我仍過著偏安的小鎮人生，我們仍會相遇、在這個時間點孕育你嗎？

認一棵樹。我以為，作為與都市比鄰的樹木的幸與不幸，都在於人們多半相信，它們的「樹生」將更為悠長，接近永生，即使世界終於崩壞，唯有樹木可以執守重生的契機。後來的後來，從動物家人接連死亡的事，領悟到，所謂的還諸天地，也就是把那烈火燒炙過的小小灰白骨質，化去全部結構至細粉輕塵，埋入土中，再種上一棵樹苗為證，也許是雪茄樹，也許是櫻花，祈願小小靈魂果真存在且無處能去，至少這個世間還有一處記得牠的地方可歸返。

因此每回，只要有機會經過一株開得太好如被夢之煙霧籠罩的花樹，都忍不住沒有根據地猜測，它的根部或許祕密保有一個託付。

也於是，當每隔一年的初夏清晨，在睡夢中被幾聲粗口和隆隆機具聲吵醒的時候，我已經能夠壓抑住莫名的怒意，平心靜氣地看向窗外。總有一位面容黝黑的工人站在堆高機上，彷彿惡戲般轉圈，繞著為老公寓遮陽避雨的兩棵鳳凰木，所到之處濃密的枝椏一截截跌落，有的已綻放火焰色的花叢，最後主幹上半部整個斷頭，剩下一截難堪的光裸樹身。

能下如此重手，我說服自己去相信，找來工班的那人單純得像個孩子，因而從不懷疑，這樹如同樹名暗示，能夠一次一次從劫難中浴火重生。

樹身上嶙峋遍布的不規則節結，新傷舊傷並陳，除了年輪，它們用自己的方式記住了時間和人們所有給予，那些曾經最明豔照人的時刻、或等待逆境過去的無聲蟄伏，我們經過，卻無從問起。

二〇一〇年初，城市正為舉辦世界級的花卉博覽會熱身，鼓勵環境綠化，社區因此分得幾株櫻樹苗，其中一棵交由你父親和我種在路邊。

我們「擁有」自己的樹了，可以將彼此的身世重疊，同步校正對時。我們視它如家人，將自己微不足道的小歷史，銘刻於樹苗一寸寸抽長的嫩枝、風吹雨打的樹皮，生生不息的葉，和期待來年將開的花，落的果。

我日日去看它，為它澆水、授肥，對它竊竊私語，想像未來將帶著從襁褓到學步的你，倚在它身邊納涼作一回午夢，吹過你我的風，也一樣吹過它，年復一年，它皆以沙沙作響回應，彷如接引自某一遙遠寂寞星球的神祕通信頻率。

然也是無預警地，兩年後的舊曆年冬，它在我們不在場時，被攔腰砍斷，成為一根光禿禿的時光之樁，兀自立於滿地荒草，以及來春將輪番怒放的茶樹、仙丹、桂花和玉蘭花之間。

時記

「預產期的計算是以最後一次月經（週期二十八天為基準）的第一天而非排卵日起算，月分加九（若總和超過十二，則以月分直接減三），天數加七（大於二十八的話總和減二十八），所以跟寶寶實際的週數會有約兩週的落差。」

作為一個本不擅長在生活裡計算的人，一開始就充滿困惑和焦慮。那個如同密碼般的數字，孩子準備來到世界的日子，竟因為從不經心去記住身體來潮的週期，而無法自源頭確切指認時間中的一個排序，在母子／母女尚未落實演練的算式，已先記上一筆虧欠。

四週（3/9～3/15）

胚胎在母體子宮時，作的夢像水母，膠狀而且不定形。那些夢境循著臍帶而上，直到與母親的血液交融。母親的血液多半會把那夢以及她自身欲望的殘餘，隨同她的尿液、汗水與哀傷一併排出。

——安娜・馬麗亞・舒阿〈胎兒的夢〉

伏流。現在回想起來，那即是你初次發送給我的訊息。

彼時，總時不時便感覺到下腹深處，有一股若有似無的浮力。世界的輪廓在輕輕晃漾著，一種等待的姿勢，想像一株曇花，僅僅只是吸聚了無形的大氣，在生命中最華靡的那一刻來臨前，通體變得透明而飽滿，彷彿有心跳。

孕期的第四週，彷彿分裂成半身人。上半部仍照舊過著日復一日彼此抄襲、覆疊的日常生活，被微不足道的小事牽引著情緒，照哈哈鏡般拉長壓扁，哭和笑，或善疑，或易沮，或自視卑弱渺小，下一刻又覺得偉大；和老父母及親族們聚少離多，只與你父親、貓家人們成天測度愛與依戀的最適距離；總在遠方夢遊，卻缺乏現實感的計畫和實踐；一如往常地靠雙腳或搭公車、捷運及機車移動，把家的每個房間──廚房、飯廳、書房、客廳──個別拆解，再重新於城市裡的自助餐館、小麵攤、咖啡館、茶館、書店、朋友的獨立工作室兼住家等地組裝。

當時找不到適切的語言轉譯，無文字、無歷史，無以名之。即使自己若有所感，或那些敏感善意靠近來的關切，也只能茫茫然說，「大概最近太累了吧。」

實則居於暗處的你，沒有一刻停歇，正忙著布置我的子宮。

它是你未來十個月暫住的居所，哪裡該安置胎盤，哪幾條血管將發育成臍帶，哪些細胞負責張架羊膜腔，哪些要長成骨骼、神經和內臟、器官，都井井有條，彷彿依照看不見的精密藍圖照表施工。

後來透過一次次的定期產檢追蹤，才發現你對進度掌控的自律，簡直令散漫的大人如我們感覺汗顏。就這樣，你把一個新生地，用看似最柔弱卻又最執著的意志，一天比一天讓它變得熟悉而可親。

這是我們同步的序奏。

別的孩子給他們母親捎來的，也許是一場在樹下唱歌的夢，或者一隻送子的鵜鶘、一個滴滴答答走動的時鐘意象；你則讓我不斷回想起國中時代，在游泳池學習漂浮的那一天。那個姿勢有個好聽的名字，叫水母漂，只消以雙手環抱膝蓋，深吸一大口氣把整張臉浸泡在嗆鼻的氯水中，就會感受到祝福，整個人輕柔地被托起，像一隻露出脊梁骨的小舟背反著世界，看向自己。

而在適當的時候，你也會用同樣的姿勢，在我體內逐漸注滿羊水的小池子漂浮，接著顛倒我的生活重心，朝向你所在的下半身傾斜，進行一連串寧靜但堅定的告別：不碰每天一杯的咖啡和茶，儘量不熬夜，定時吞服各種鮮豔顏色的維他命小丸子，吃很多蔬菜水果；原本不趴睡就失眠到學得左側睡的智慧；對於腳尖一吋吋從低下頭的視野消失習以為常。

強迫總任性隨意過日子的自己牢記——早上起床後準備好一頁雪白發亮的心情，讓你可以放心這世界是如此友善而親愛，以便在一日結束後，連夢境裡都沒有丘壑起伏的暗影。

母之罪。仍隱隱地擔心。即便想藉著你修復自己，以為可以重新活過，但有些裂痕似乎在很早以前就已經風乾完成了。

比如我曾被極親近的友人好意指出，對於情感的回應總是過於遲緩而冷漠，「是不是小的時候母親太忙很少抱妳？」當時便感到相當驚駭，不是因為她對於一個人能不能愛的觀察正確與否，而在於無論孩子已經長到多大，人們總還是認為，母親仍要為這個生命負責到最後嗎？

關於母親罪惡感的說不完的故事，像是對於自己無能為力的歪斜過去，進行無休止的自我拷問，既是罪犯也是審問者，兩者在漫長時光中合力幻想出更多新的細節：如果如果，能夠矯正某一個先前忽略的時點，是不是就能夠接回另一種比較沒有遺憾的人生？

好比，老來得子本是喜事，卻是個極沒有安全感的磨娘精，怎麼努力也無法讓孩子信賴這個世界。母親自責，千錯萬錯都是當初太在乎別人異樣眼光，動輒想中止孕程招致的吧，雖然那時他還像是一枚髮夾大的小蝌蚪，竟已懵懂記住自己曾被最愛的人背叛過了啊。

年少輕狂拿掉不知性別的胎兒，母親多年後搭計程車，被聲稱有陰陽眼的司機認出孩子一直跟在身邊，已經長成了亭亭少女。母親既寬慰又失落，原來她並不算真正失去，只是能夠擁抱在懷的仍止於空氣般的存在。

又或是：永遠把弱智少年當成幼兒照顧的母親，為了洗脫他殺害美少女的罪嫌，不惜自己也犯下同樣的罪，為他湮滅證據，卻意外被兒子發現，兩人的祕密牽絆於是更加難分難捨，但兒子只想遠離她，而痛苦到臨界的母親，只想忘記發生過的一切。

彷彿是潛伏於母親之路旁的地下水道，蜿蜒複雜的迷宮路徑，淤塞著嬰屍、嘔吐物、化學藥劑和血水，和坍垮為爛泥腐臭的黏滯遺憾，每一個女子，只要稍一不慎，都有可能自原本的安穩世道跌落，一經沾染，那氣味極可能一生都揮之不去。

藉著這些從陌生身世流域漂來的「別人的故事」，才稍微重新理解：那些如大水湧至的推銷行動，販售高價但內容虛浮的親子書、用品、奶粉月子餐、塑膠贈品，似是而非的勸說，及什麼問題都可以用消費解決的邏輯，它們最源頭的初心，不全然利用母親的脆弱趁虛而入，應是出於對懷孕此一不可逆反的單向旅程，所給予的善意提醒：

「一位母親對於孩子的影響，極可能遠比她自己想像來得深邃、全面而誠實，因此請務必，要事事上心哪。」

滯塞。不知道你會在幾歲的時候，什麼情況，有能力覺察和言說生命中難以迴避的滯塞感（多麼希望不會發生在你身上，或至少屆時你願意容許我們參與），是考試升學的壓力？同儕親疏的暗流？還是夢想的實現被無限延期？它有如虹吸作用，將那些原本該款款流動的細微感知，不動聲色置換了，灌入大量與體質相斥卻又難以排除的渣質，慢速但確實地從邊緣往中心回堵。

或許無處不在的地下水道，便體現了此等存在的矛盾與悖論。

曾幾何時，只要年年幾個脾氣較乖戾的颱風一來一往，我們居住的島嶼就會被水抬升，有如經歷地底板塊運動的扭曲，翻出那些原本不見光的內裡。「凡那比」（取自密克羅尼西亞語，原意為小島）、「桑達」（越南語，紅河支流）、「南瑪都」（密克羅尼西亞語，廢墟）、「杰拉華」（馬來西亞語，鯉魚），當各種轉譯自動物、植物、星象、地名、人名、神話人物、珠寶的異國命名，將世界倒退回洪荒時期真空的那幾天，災情新聞也如同大水，淹沒所有的閱聽媒體版面，把生活其他層面其實仍在進展的事情，隔絕為收訊外。

幾乎每一次待風雨稍歇，我們總會出門晃蕩。

像是不言而喻的小小默契，檢視同屬一城的居民，因之走失、暴露或洗滌了的生活碎片；並不無放肆地以有限的經驗想像，若時間逆轉，它們原本來自什麼樣的人生，彷彿只消迫使自己「在場」，就能多補回一點存在的共感。

錢幣和鑰匙：可能來自一心多用的家庭主婦錢包，或有溝必跌、自覺衰運纏身的中年半禿男子？鋁罐拉環、橡皮筋、茶飲店塑膠杯：一群國小到高中生曾過境的痕跡，如蝸牛爬過的涎線；而公共垃圾桶已差不多和公共電話一樣難找了。揉皺的衛生紙、菸屁股、口香糖、檳榔渣：對於身外之物用後即丟、怕麻煩的心態，屬於不須在乎誰撿拾去化驗DNA以認親分財產的一般大眾？內衣褲、毛巾：不分男女，花色、質料或旁人所不知的回憶，決定它們被撿回還是流浪街頭的命運。衣架衣夾、花盆碎片、掃把、鐵絲、陽台波浪板：每個普通家庭都配備的夥伴，並肩歷經生活不少戰役，勉強堪用，但畢竟是老了，要修理不划算，要換新怕麻煩，自己走了乾淨。

也曾見過一隻熬不過變天的鴿子，精密的導航系統已失靈，雙眼空洞，掩翅於某山路的水道閘蓋上，斑駁鐵條連綴相銜，猶如趴伏的老土龍，寥落地看守著地底水路。訝異的是，本以為荒涼惡土的溝底，竟是綠意茂盛，鴨舌草、早苗蓼、白苦柱、咸豐草、蒲公英叢聚，雖張狂滿身細刺，也有如在山窮水盡裡，不意又發現了生命的另闢蹊徑。

也許，下水道正是以一種既顯又隱的方式，接收和修補了任何從上而落的碎片，不選擇，不迎拒。或許從這個角度來看，它作為城市實體的「底層」，竟是以如此的寬容，在照應著所有棲住於地表的「市民」哪。

再過幾天，我將得知自己已通過一個關卡——你已按照某種神祕的導航系統，安全降落於日益肥腴的子宮。產檢醫生說，若著床在輸卵管或子宮頸，為子宮外孕，發生的機率約百分之一，且不幸地須結束孕程，以免母親受傷害而無法再受孕。

時　記

「若要施打疫苗，請留意是否對懷孕有所影響（例如德國麻疹疫苗的接種，就須避開孕期，若驗出有B肝帶原，仍可懷孕，但寶寶出生後二十四小時內須接種B型肝炎免疫球蛋白疫苗）。在準備懷孕前和懷孕後三個月，可多補充葉酸（維他命B9），以利寶寶腦部和神經系統的發育，也可降低流產、早產的發生。」

懷孕是旅程，同樣有目的地、行程表、預算、配備、旅行資訊和地圖，同樣要在「最適合的時間去到對的地方、做對的事、吃對的東西、睡對的地方」，只是換了一套不同的語言。

他者之夢 01

取之不盡的故事如同無數個平行之夢，我們在其中模擬、預想未來屬於自己獨一無二的那一個。

想起《蘭花賊》。史派克・瓊斯導演，查理・考夫曼編劇。

一位好萊塢編劇查理・考夫曼受到電影公司之邀，將作家蘇珊的小說《蘭花賊》（關於蘭花專家約翰與傳說中的鬼蘭的真實故事）改編成電影劇本。查理欣然接受了這個挑戰之後，卻發現自己絞盡腦汁，什麼都寫不出來。此時查理的雙胞胎兄弟，唐納，也決定搬到洛杉磯與他同住，並開始嘗試寫電影劇本。弟弟的攪和讓查理更理不出頭緒，他決定借機接近蘇珊，希望能激發靈感。查理此舉卻大大打亂了自己、蘇珊和約翰的生活。

懷孕後彷彿戴上偏光濾鏡過生活，這也才感受到此片把創作過程類比懷胎十月的企圖。電影中到處可見原作與改編的換喻式描寫，如同一基因生出不同的變種、主角的雙胞胎兄弟、原著小說與電影劇本，而發展中的劇本就像一個培育中的蘭花品種（胚胎），給予不同的環境和外在的刺激，就會長成不同的模樣。伏流時的你，是在潮濕的沼澤中世人（我們）仍在尋找、猜測、摸索的傳說「鬼蘭」的蹤跡。

像一個尚未打開的盒子，才開始預作摺線的色紙，在打版中的紙型，一個正在挖洞拉線的網路，一份正要開始的故事大綱。依據你父母的爛個性，總是習慣太謙卑不為自己預先決定什麼，也知道就算你順利出生後，還要好長一段時間才會啟悟童蒙，但還是更願意尊重屬於你自己的命運。雖然，那跟我們往後的故事密切相關。

b. 遊樂園

五週（3/16～3/22）

據舞者說，跳肚皮舞的最佳時刻，是當舞者剛剛得知自己懷孕的時候。隱藏包裹著神祕，神祕屬於未來，代表了連續。

——約翰・柏格《班托的素描簿》

我希望你永遠健康，無需太早意識到，關於無時不刻與之相處的身體，自己並非最了解它的人。

如果沒有意外，大約在三十歲前後，它仍然像是最好的玩伴、盟友，帶給你喜悅和用不盡的精力，像遊樂園裡彷彿永不知疲倦和厭煩的巨大輪軸系統。我祈求，若天意仁慈，屆時已六、七十歲的我們，仍可勉強自理生活，不過早拖累你，向你揭露它其實如此容易崩壞和扭曲，如人間的地獄變。

若你是女孩，在遙遠遙遠以後的某一天，也許你會跟這時的我一樣，手持驗孕棒，像伸入真實之泉的石雕獅子口，等待神諭，內在長出一座摩天輪的忐忑。我深切祝福，屆時你身旁有人，如海包容，如山堅毅（若你是男孩，這將是我對你唯一的微小堅持）。

結果揭曉，我們的生命節奏走到下半場，終於換檔為三人齒輪連動機制了。

「很厲害嘛你。」我作勢拍拍你父親這個「播種者」的背脊。他臉紅了。

錯失全景。你父親正條理分明地規劃，有哪些事是從現在起就能夠準備的——好比打聽可以信賴的產科醫生，從何處取得妊娠、育兒知識，如何選擇適當的時機和家族分享——某種已吹模定型的習癖，總想在踏上未知前，預先布列指引路徑的微光；但稍嫌不夠從容的語氣，為內心洩了底，他其實在對自己說夢。

而我當下渴望解開的，也許只是低頭看向自己倒影的距離，即在那戲劇性時刻的現場，身體內的你，是以什麼形貌、狀態在參與著我們。

五週大的你像一隻微型的「海馬」，耳朵和眼睛的位置，仍是潔白手拉坯表面、四枚彷彿無心壓印的浮凸指紋，尚無鼻子和嘴。原來比起表達自我和進食的需求，人們先長出的感官是用於觀察和接收！

若把你混在小貓、小狗、小豬的胚胎樣本中，不具專業訓練之眼的我們，還真一時認不出是人類的孩子；然不到三週內，只需一次月圓月缺的循環，你將長成初具完整人體的雛形，這才是最讓人驚訝的。

明明這巨大的神祕近在貼膚，我的感知卻彷彿盲者對空摸索，只抓取邊邊角角的剩餘，噁心、暈眩、吃不下睡不好，且因持續地供養你，未來的承受只會更多，須勉力以使用三十幾年的身體，不拖累還不滿零歲的盎然生息。

愛的起始竟是這樣不對等的關係，或者它從來就是如此。

後來的後來，與你相處的時間愈多，我逐漸理解，這或許就是身處事件核心的視角：因為不疏離，注定錯失全景；因為無知，所以可以如此幸福地任意馳騁想像。原初時代的人類先祖受星空的魅惑抬頭，以敘事和圖形的金線，梳理未知為一個個自己可理解的女神、王者、勇士、猛獸和器物，他們張著眼睛作夢。

於是，放縱一次做父母的任性特權，可不可能，把你尚屬「神話時代」的生長進程，無限放大空間又高速濃縮時間成一寬幅的、以億年為算式單位的演化劇場呢？

不久前，才在一座擁有如穹蒼般圓弧屋頂的白色建築，看過此類影片。亙古的時間，陸塊聚合分裂、地球磁極反轉、星體撞擊爆炸的煙硝、冰河凍結海水沸騰、集體大滅絕，那如同嘉年華式的、周而復始鑿磨星球的記憶深溝，隱喻性地凝煉為一個小小的你的神經系統、血管、大腦、骨骼、臟器、肌肉、脂肪和皮膚……它們的關係彼此牽動如精密繁複的齒輪，每一細微的變化，都可能追溯一個宇宙規模的投影。

遊樂園。擴張，收縮，迴旋，生命始於一場場狂歡的接力。

那些一到好天氣的假日心裡便莫名地騷亂，非要前往遊樂園（或以樂園、遊園地、遊樂場之名）的孩子和童心未泯的大人們，穿著鮮明色調的外出服，把身心無條件交付給那些顏色更豔麗的巨大機械，重複旋轉、騰跳而尖叫，縱情吃喝、自拍拍人，我不免懷疑他們是否與溯游的鮭魚群相仿，受到本能的牽引，到此處來重溫自己早已遺忘的、懸浮子宮內羊水晃搖的安全感呢？

這自然也包括你的母親在內。

打從我們交往起不久，你父親即在比兩人年紀都大的老兒童樂園，以兩根炭烤玉米摸透我，是個坐上摩天輪、旋轉木馬、輻射飛椅等遊樂設施，轉一轉搖一搖，就能自動離析出高純度開心的傻蛋。

長期以來視此為性格瑕疵，我總以為容易被遊樂園簡單取悅的傾向，太類似某種觀光景點的蓋章蒐集，具有一種不著邊際的鬆散質地，彷彿刻意留下記憶的舉動，卻以倒空時光為代價。

後來活到夠老了，數次與生命的無常轉輪正面相對，才可以更不被表象所惑而從容指認，能夠暫停某些如永晝般時刻迫人的壓力，與最親近的人們純然共處，很可能是一生活著與安穩無憂最接近的時分，即便無聊，即便這幸福的得來，過程也許顯得有些廉價而不夠獨特，千篇一律，但都是奢侈。

回到這一刻。

當我們在擁抱、相互凝視、臉色酡紅、呼吸略不規則地起伏、想像生活將可能如何像旋轉門般切換時，我彷彿聽見你——

那質地難以形容；輕輕的，像一縷髮絲，被一陣偶然經過的風，捉起復放開，緩緩飄墜在其他髮絲上；有點粗礪，像一微粒雪片結晶與其他結晶，在冬天已沉睡一段時間的冰冷土壤、互相傾軋的瞬間，但聲音卻像冰河板塊挨擠碎裂時的駭人巨響；很溫暖，像奇幻故事裡身材比例、力量、年歲、種族、閱歷經驗皆懸殊的小女孩與獅子或北極熊等，他們跨越差異、彼此相通的一瞬間……或許又是一場夢？

你的心臟，作為生命獨立的核心象徵，即將在這一週結束前開始跳動了。無視萬里外的無邊沙漠捲起沙塵暴，遠方城市白晝如夜，我們掩面低頭行走，像懷中藏珍不欲說與人知。

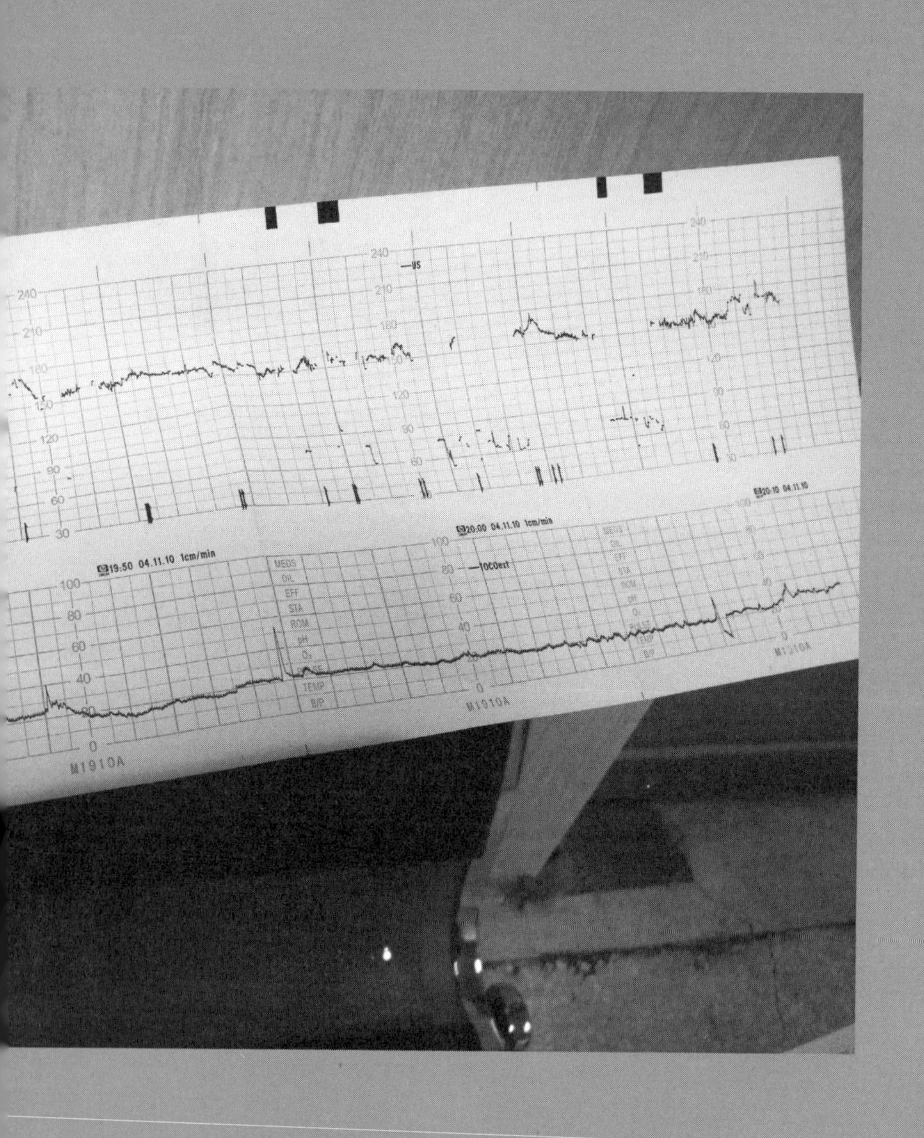
19:50 04.11.10 1cm/min
20:00 04.11.10 1cm/min
20:10 04.11.10
US
TOCOext
MEDS
DIL
EFF
STA
ROM
pH
TEMP
B/P
M1910A

也許我早已見過你，夢過你，只是還沒有認出你。

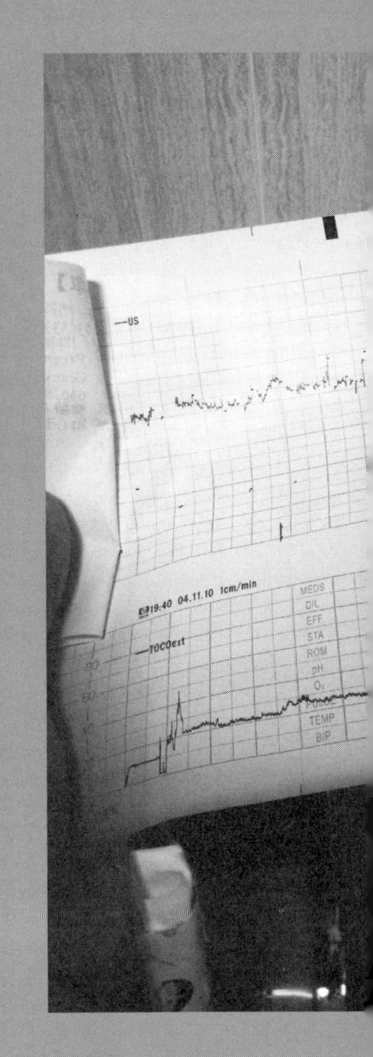

六週（3／23～3／29）

醚味。關於市井，最先想到的，不是仍以昔時模樣載運生活百態的巷弄，或喚起城市一天、也象徵性最後熄燈的早晚市集，而是某種氣味。

它歸類了一個秀異的稀有族裔，不分男女，在我開始有意識學習如何模仿世界的樣貌起，這些人就以令人妒羨的背影走在前方。

即便年齡同樣地少不更事，當人情世故的暗角迴巷仍如一堵難以超越的高牆，以至在作品的鏡像前，手足無措地暴露自己的單薄內裡、幻想重於真實經驗的歪斜，他們卻彷佛已自牆外「真正生活、歷練過」並回來了，能說兩種「語言」，具備兩種文化背景，熟悉兩個世界的（潛）規則並隨意跳躍，渾身散發成分複方以致難以解析的通透和早熟，即是那既帶著粗魯野性又經過極聰敏的本能、萃取優雅和合宜疏離後所糅合的醚樣氣息，是我初識的市井味，創造的味道。

在後來的後來，也才慢慢知道，其實有更多人，是無能抵禦這內在的分裂，不被自己到底屬於哪一邊的孤獨沼澤吞沒啊。

借。我和你父親至今仍和兒時一樣，持續仰賴市井提供的便利，那也是我們的父母和家族長輩與城市發展出來的應對——於人居密集之處，總會讓出一條街，一節人行道，自然而然形成市集，時間不是透早，就是黃昏，來自各方的攤位便如鱗片密聚，甚至蔓延至街心，它們不只是那條街的心臟，活力充沛，還主宰著為數不少家庭的餐桌。

在居住了近三十年的城市西區，下樓走幾步，就遇見露天傳統市場。攤商掀開生活層疊景片的一角，一個個顏色鮮豔的塑膠網狀圓盤上，端出各種顏色、形狀、氣味的生鮮蔬果或冷熱熟食，就地從簡擺著販售。

也經常可見那些賣魚賣豬雞鴨牛肉的，大刀揮斬幾下，肉骨殘渣便井然歸類，各自分派了去向。賣五金雜貨和衣服鞋襪也不難，只需幾根長長短短的鐵柱鋼管，和幾片大木板，就能擺起一長桌，流水席般端放一個個「盆菜」，方形塑膠盒裡裝的皆是以十元銅板計價的文具、鍋碗瓢盆、俗麗的髮飾指甲油等；或撐起一面衣牆、幾道花色各異的床單瀑布，和一座座由鞋盒堆積木般隆起的斜塔。

再有小販勞動出汗的身影穿行，起落的吆喝聲，主婦們圓圓的臂膊挽著幾個紅白塑膠袋，皺著眉，故作挑剔的攻防算計一來一往，買熟了還能順口交換幾句家國小事、天氣心情；近來也加入一些或眉眼清淡、或深膚長髮、口音滯澀的外籍媳婦和看護，便是深植在我們心中的市井即景了。

然在永遠充斥著熱烈投入生之瑣碎流動中，髒亂和腐臭的死亡符號也未曾缺席。市集散了之後，留下永遠排除不盡的血水和油渣，積聚路面縫隙和陰溝的陳年腐味，好天氣時便放肆張揚，以垃圾為食的蟑螂和流浪貓狗晝伏夜出，睡在菜堆和紙箱占位以確保隔日生計的殘障中年，傴僂著腰踽踽獨行推著資源回收車的乾枯老婦，總是背對一街星星燈火……

我們總趕在熱鬧時拎著一個空籃子涉入，猶如一腳踩進一條熟悉卻又不斷流變的水域，歡愉又尋奇地一路撿拾，待籃中漸滿，口袋時光漸空，便也不太留戀地起身上岸，濕答答的記憶沿路迤邐滴落，返家前便已了無痕跡，不必負擔太多責任與情感，有一種置身事外的輕鬆。

也不知道是從哪裡誤植的印象，自小一直以為市場的所有權是屬於小販的，我們到此是作客，猶如自別人家門口走過，它是借來的世界。及長才知，攤販們也是「巡遊商演」，他們真正的生活其實更遠在四面八方。

現實的幻術。日落後的市集，又是另一番光景。

居民的力氣多半在白天耗竭了，為了貫徹他人的意志，或者根本無從自問意義何在的理由；黑夜像是一塊霧面玻璃吹製的巨大鐘罩，原本獨立的事物界限起了毛邊，於是在夜市，人們官能的天線可以更拉長放肆些，挨擠磨蹭，偷渡生之欲望和歡愉，如一場賓主盡歡的綺色泡泡夢幻。

一燈一攤，一攤一淨土，即便冒牌也有成真的瞬間。

光圈之內，衣服的款式顏色冶豔奔放，但價格卻相對親切；食物的調味潑辣刺激，也不時出現大膽創意；公開販售的盜版光碟和強筋健骨的匿名中藥、身世可疑哄抬身價的骨董拍賣品，則以人群為保護色；具賭徒本質的各式遊藝，也偽裝成晚餐後的嘉年華式餘興節目；而最懂得隱藏就是裸露之道的，要屬某些與夜市為鄰、千絲萬纏的溫柔鄉罷。

光圈之外，溫度驟降，層疊暗影難辨輪廓。只聽其聲，或許是一隻流浪貓在翻攪垃圾袋，尋求幾根嫩雞肉啃盡的骨頭作為當天的第一餐；只辨其影，也許是一個歪身席地而睡的街友翻了個身。誰都能來，也隨時能走。極自由，極個人，也其實極嚴酷。

時不時，也如回音一般，聽聞周邊囿於受薪階級框架的人們，朋友的朋友，突然將先前的人生歸零，去夜市街頭另起爐灶做些小生意，市井被當成一無背景、無來歷皆可加入，為「逝者已矣，來者猶可追」的餘生奮力一搏的最後舞台（可想像夜市從業人員，如同計程車司機的臥虎藏龍？）而子（女）承父（母）業，同一攤味道永遠保持水準只是多了個容貌相似的年輕面孔，也不在少數。

或許，沒有一個地方像夜市，總是勾起我們的複雜情感。

一方面感謝它的縱容，可以暫時為自己逃避生活的惰性，比如懶得張羅一餐，找到還算方便的墊檔；但它的漫無重點和雜亂喧譁，又經常讓我們生厭煩膩，卻無法斷然拒絕往來。

這是一個無論怎麼粉飾，都太容易被看出破綻的地方，單薄的窗紙幻術抵擋不住室外的寒酷，某種程度像是一個太快長大的孩子，突然從某個皺眉、苦笑、挺不直的背脊，懂得了是父母為自己一意遮擋現實限制的拙劣演技，如何忍心苛責。

未來總有那麼一天，我們對你的依賴將多於你對我們的。若你獨自在外，對於夜市這類城市角落，有著恍若前世今生的熟悉感，彷彿它是你內在的微型世界投射到現實的倒影，「在那些陌生的面孔中是否曾經有我的家人嗎？這裡是我人生的某一個決定性時刻發生的場景嗎？是我無數次的夢遊路線逸出了睡與醒的邊界嗎？」

當你如此自問，我們究竟該歡喜或憂愁？

在一年一年末日之說越發沸沸揚揚的恐慌中，也不乏有人想像，那時世界會更加分裂和極端，回到孤立的無政府狀態，形同廢墟的區域與區域間相互隔絕，文明倒退回手工時代的自給自足，僅存的交流之處就是市集。

要真是那樣，說不定我們會對於「下流」甘之如飴，如同日本趨勢學家三浦展所描述的未來社會傾向，十分熱中訓練你去熟悉、甚至醉心於在市井的千街萬巷迷路的感覺，那或是我同代人或次代人們彼時極熟悉彷如呼吸喝水進食、不須多費精神氣力感受，或修飾描述的日常行為狀態。像是在你童年經驗的萬花筒預先存放各色彩紙，以備需要時，你可以不被現實的空洞匱乏限制，自記憶的地圖，提領讓想像賴以起飛的豐滿羽翼，朝向一可回歸的懷舊幻景。

這麼想，我們也許就能夠更加放心，把城市裡也許最不設防的市井之地，當成胎教之場所，你的育兒園。

消去法。現在我們只能依賴書上如孩童塗鴉的圖形，想像你是隻五臟俱全的小小蝌蚪，手和腳的雛形像新生的水草嫩芽，在溫暖的羊水中漂浮著，無從想像它們有一天將茁壯、承載全身體重平衡地會爬、會步行、會跑動的柔韌結實。

生命始於消去法，在你之所以為你之前，已經有至少兩千萬個（以一ＣＣ精液為單位）可能性消失了，你也沒有從自身分裂出雙胞兄弟或姊妹，最親最親的家人，就只有父母，和四隻貓，你的「兄姊」。

牠們亦來自市井，都帶著難解的偏執或傷害的遺緒——老大米將彷彿能透視心靈，懂得破壞我們最珍視之物，來表達自己待滿足的需求；老二豆漿身患永遠無法痊癒的氣喘病根，和因在雞排攤討生活而練就的逢迎術；老三味噌反之，像個影子多數時間躲在陰暗處，只愛著自己和拾獲她的我；老四卡卡則執著於吃，身型巨大如犬，個性也像犬般隨叫隨到。早在你長成一個懂得擔心自己能否能融入牠們獲得疼愛的幼童之前，此際，我們周遭的親友便無不明示暗示，把貓送走罷，以免影響你的發育和健康。

或許你無法明白，自己的降生，竟要以折彎未來家人的命運為代價？畢竟少則六、七年多則十五、六年的相處，怎可能輕輕放下（牠們曾見證你來不及參與的父母的史前青春）？而我們也無法說服自己相信，這世間居然存在著與你相斥的事物，它不應該是充滿善意、和諧喜悅如同我的子宮？

我們決定，近期要帶貓兒們去獸醫院做弓漿蟲檢查，每隻一千四百元，一筆金額不小的開銷，且等接近預產期時再為牠們剃毛，這是目前能聊盡人事的最積極作為了。其實無能改變什麼，如同絕大多數依著市井為生的人，很難大規模且快速地改變自己依存的地貌，即使多有抱怨不滿，還是得容忍地過下去。

七週（3／30～4／5）

簡潔、精要是必需的／風景由地址取代／搖擺的記憶屈服於無可動搖的日期／所有的愛情只有婚姻可提／所有的子女只有出生的可填

——辛波絲卡，〈寫履歷表〉

同代人。此刻困在同一空間等待的人們，他們的容貌，衣著服飾，打呵欠時瞬間皺縮又鬆垮的臉皮，瞪著電視螢幕放空的眼神，低聲交談仍不忘斥喝孩子的拘謹，不耐煩或故作放鬆的姿態，都將在符號的系統裡被省略，只剩下一個名字，和以拉丁文（也許更多的是中英文夾雜）簡略打字成當事人無能判讀的病歷，存放在虛擬的檔案室。

在孕婦們或高高隆起或仍看不出動靜的腹中，正時時刻刻茁長的小生命們如你，作為同代人的命運，竟在這間小有名氣、以巴洛克風格裝潢的婦產科診所，彼此毫不知情地

交錯過一回。

未來，你們也許使用相同品牌的奶瓶和尿布，讀圖書館推薦的繪本、一樣荒腔走板唱一支兒歌，在自己家附近的社區公園，玩著造型大同小異的溜滑梯、搖搖馬，追逐一批散了又聚的鴿群，向政府請領齊頭金額的育兒津貼，乃至於背上制式的書包，裡面裝著同一版教科書，作答題目相同的考卷，或放學途中刻意脫隊繞路，經過人去樓空、只餘白布條在風中瑟縮的老舊社區（也許你們會叫它「鬼屋」），並隔一陣子同時目睹它突然有一天消失，變成停車場，再來又蓋起大樓，重新入住的一批人，完全不知道此處先前的樣貌和淵源。

偽生命。無感性、規格化、齊頭式的平等、單向、簡化、冷硬。為維持個人無從掌握全貌和縱深的組織系統（或一說體制），人們常用以描述運輸機構、城市、政府、國家稱之。

更久更久以後，你或許會發現，在車站，得挪出部分的道路控制權，如懸絲傀儡順著人潮的方向和時刻表走；就業後，得質押大半青春，確保能在某個社會關係中保有一席之地，並藉此指認自己是誰。

在系統中，人們必須交出些什麼，才能換得通行的權利，而其開端遠比能意識到的早。

就像現在，生命才初開始，就已被納入醫療體系之下，進入這不陌生但也無從完全熟悉的甬道，頗有一點類似真正遠行之前，以空港的機場櫃檯check-in托運行李劃好位，將護照交給海關蓋上一個戳記，閘口開，跨越抽象的界限，置身於原有生活的境外，卻又尚未抵達任何地方。

也像是單行道。「登機」（產檢）、「飛行」（孕程）、「降落」（分娩）、「領行李」（新生）、「認證」（命名）、「出關」（報戶口），目的地是一個真正落實的三口之家。然此刻你連名字也沒有，而是用我的身分夾帶。只模糊地想著，要為「我們」找到一個足資信賴的產科醫生「導（護）航」，適時在預定十次產檢中，以細心和專業確保你平安健康地成長。

不需要太久，即使愚鈍如我們，也會發現加入一個系統後，會吸引更多系統圍攏聚合，彷彿它們自成生命且日日繁殖壯大。

這意味著一些營養補給品瓶瓶罐罐的出現，一疊收據，一筆數字不斷在跳動增加的開支，或再延伸遠一點，圖書館借閱紀錄上新增的懷孕、生產、育嬰指南類別書號，一本新的日記，及各家月子餐、孕期哺乳及寶寶用品廣告傳單……在這些複雜如網的路徑串聯中，都依附著許多臉孔，那是窮盡一生努力，也永遠無法勾勒全景的浩繁平行世界、陌路人生。

也不知是否過於漫不經心，還是太膽小慎微，我們時不時就會不由自主地從生活的慣性軌道摔落，擱淺於「認系統不認人」的窘境中：像是在夜間無人管理的停車場，一陣風吹走了票卡，得重複趴下復起身，在一輛輛鋼鐵腹肚和地面的間隙、草叢，尋找那如一張火車票大小的紙片。

或如本人親自去郵局補發存簿，卻發現帶去的幾顆印章無一顆是原留存印鑑，舊資料裡的我不認識現在的我，得再次填寫一堆表格、輸入密碼塗銷再重建那個本來也就是虛幻的分身。

活生生的我不能證明符號的我是同一人，這讓我們常感焦慮。

初次見面。如果人一生中總無可避免要與醫院打交道，比起晚年、重大災難、不可預期的意外，或許以懷孕作為開端，是相對比較好的。

它並非生病，而是進入一個未知的內在宇宙，劇中劇，有自己的時區、主題、脈絡、分工，於是我們也許更能保持一分敬畏和清明，借重而非全然依賴醫院體系的手眼和專業，「轉譯」來自於你的訊息。

多年來我還算健康的身體，第一次躺在亮度微暗的超音波室棕色窄床，深海魚見了光般四肢僵硬。透明冰涼的傳導凝膠塗敷於溫熱的小腹，溫差刺激皮膚迅速長出細微的凸起，金屬探頭在下腹巡弋的微壓，解析度差強人意的電腦螢幕，深黑背景中一頭身長六公分的小小外星人白影，每分鐘高達一百三十下如古老蒸汽火車的奔赴，長得像草食動物身材渾圓、聲音低沉穩定的醫生說：「聽見了嗎？寶寶的心跳。」為檢驗採血粗如手指的針筒刺破手肘內側皮膚激蹦而出的幾滴血漿……

畫面、聲音和資料在記憶中分解、飄浮、放大、重組，只有那一張以手機拍攝記錄的低解析度照片，見證你絕非虛妄。

一個七週大的生命，在這裡了。

產檢結束後，你父親拿起手機一一撥號，等待話筒另一端的家人們，傳來驚喜的回應，停頓，和零星的經驗談、提醒。我心中默想，要用什麼樣的音調和表情，正式向你打招呼才合宜，卻被一種無從指認的情感充滿，能說的竟只有，「謝謝你，來當我們的孩子。」

把人生劃分為二，「有了這孩子」之後的人生，以及之前。

時記

「國內健保給付十次產檢，自十二週起到三十二週以前，一個月一次，三十二週起兩週一次。首次產檢孕婦會獲得一本孕婦健康手冊，如同將已做過的檢驗資料隨身攜帶，若之後更換醫院，即可免去重新申請的麻煩。產檢的目的，主要是藉由醫生問診過往病史、實驗室檢驗（血液、尿液）、身體檢查和超音波掃描，達到提早發現問題、提早治療的效果。因此，即使自覺孕程一切正常順利，仍然須規律地接受產檢；不僅可以準確地了解寶寶的現況，並作為日後生產各項準備的依據，更重要的，是提供精神層面的安定感。

每次產檢時，可以利用看診前的等待時間，將想向醫生請教的問題，條列在筆記本中，如胎兒的生長情況、母親的體重增加和身體狀況是否正常、到下次產檢前須注意的事項、有哪些徵狀需立刻回診等。

除了避免提重物外，避免頻繁的上下樓梯，並遠離噪音與高溫環境外，母親亦不宜泡熱水澡、溫泉，以避免寶寶神經管發育受損；而會增加腿部及腰部負擔的高跟鞋也不宜再穿。

在法律保障方面，若母親具有勞保身分，勞基法規定產假為八週，並給予一個月投保薪資的生育給付；寶寶滿三歲前，可申請育嬰假，最長二年，並支領投保金額六成的津貼，最長請領六個月。此外，各縣市政府都有相關生育補助規定，可向戶籍所在地的戶政機關查詢。」

懷孕讓人無可逃避地得要更加入世、更為多慮，更意識到某些選擇不能只對自己負責。仍然可以堅持不世故、任性、因循度日、自由自在，人生本已那麼苦，怎能不及時行樂？只是當一個更脆弱的生命被託付於己、索求呵護，就像一個天真孩子氣慣了的人被帶入社交場合，因為意識到某種期待的注視，不免要攏一攏頭髮，拉直衣襟、腰挺頭抬。

八週（4/6～4/12）

在夜晚幽暗的微光中，街道會不斷增生、彼此糾纏、互相交換。……我們的想像力被迷惑、混淆，於是創造出虛幻、彷彿從很久以前就熟悉的城市地圖。

——布魯諾．舒茲，〈肉桂店〉

陷落。大多數的時間，如果日子可以過得像一頁頁層疊的描圖紙，複寫著昨日的構圖，即等同於現世安穩。歲月把生活擦抹於上的痕跡，從潦草的塗鴉慢慢錘鍊為筆觸精簡的素描，然像是漫不經心或惡作劇般，也不時橫加阻力，比如，以一通深夜響起的電話為形式，撇出一條違逆意志和情感的歪斜拋物線，將我們甩向未知。

自從知道你的存在後，因醫生囑咐前三個月需多休息，以讓保護你的胎盤好好成長，降低流產機率，得開始約束自己成為嚴格的管家，控管生活作息，打理身體如同維持一個家各個房間的環境清潔、空氣流通、食物新鮮無害且來源充足、垃圾定時清理排除，時時以愉悅的音樂和故事畫龍點睛布置，且少爬高、少熬夜、少奔波。

但這一夜卻是特殊的。

本應好好坐下來進用晚餐，卻與你的父親輾轉換車到台北車站，趕搭雙層大型接駁巴士，出城前往林口的長庚醫院。你的外婆緊急來電，說一歲五個月的侄子因高燒不退轉院，要我們連夜帶些現金去探看。他被診斷得到一種罕見的重症「川崎症」，好發在五歲以下幼兒，症狀與感冒非常相似而容易混淆，必須儘快施打對症的抗生素，若輕忽拖延，心臟功能便會受損，是一輩子不可逆的傷害。

生命的無形之網逐漸收緊，將我們自原本棲息的深海，短時間拖曳至水平面。自城市的心臟地帶啟程，行經承德路、南京西路、重慶北路，轉上國道一號，或許感應了車上乘客們的集體心緒，一路幾乎如滑行般沒有遲滯。車廂黝暗，形同目盲，即使坐在靠車頭第一排，仍不見司機身影（這條路線他開過了幾回？）

許是挑高車廂望向窗外的視角，相對於此區自六〇年代起即限高的老舊建築，產生視線的落差；許是夜間人潮退去，黑藍布幕罩頂，只剩橘色路燈、紅色車燈等，弭平了街景的差異；許是密閉車廂內雖滿座卻無一人說話，只有引擎聲灌耳彷彿真空，我們都耳鳴了，口乾舌燥，恍恍以為是否在無所知的哪個時間點走岔了路，錯接上通往分不清是未來還是過去的航道，記憶廢墟之城市荒涼景觀。

是什麼等在前面呢？

印地安人稱白化症患者的眼睛為「月眼」，只有在黑夜時可以清楚視物。

依稀記得年輕時的幾次夜行，就像是長了這樣的眼睛，總是雀躍期待的多，憑著不知從哪裡借來的樂觀，如腳底踩雲，一勁往那最深最暗之處，探看那些彷彿從未對人開啟的褶皺、層理和幽微，荒山、草坡、吐納鹹腥氣味的漁港、遠方語言不通的小村、舊巷深長的大城破敗之處，陌生人臉上不見盡頭如隧道般的混濁眼瞳，經常在人間燈火盡滅後，在人語靜寂中，藏匿於月光之影中的白銀之城，另類百科全書，手電筒或微弱燭光拉長的晃搖視窗，如紅海分流，深邃裡層的幽徑於是浮現。

渾然不覺，自己如著魔如患病般一意孤行所換取的自由，是以家人們濃稠如膠般拉長、祈禱不致斷裂的懸念為代價。不知憂慮害怕即不知限制何在，這才教人更擔心受怕。

若這是每個生命成長時都必經的繞路，或許乘你還方便「隨身攜帶」，就讓我們先帶你去淺嘗罷。去週末的夜間動物園好不？或天氣晴朗的深夜登上公寓頂樓，仰望深藍夜空中的繁浩星河？被黑暗溫柔圍裹的奇妙，在於它會讓人們謙退，從習以為常、以自我中心為強的重力方向，翻轉視角，感受自己其實只是屬於世界的小小塵粒。

曲直流。現下正經歷的逸出原有生活的移動，多麼像是隱喻，原來，與兄長在家同住同食共讀的日子竟是那麼地遙遠了。如同史前時代，埋藏人格養成、習慣偏好、身體抽長的記憶。時間流淌，兄妹們的人生葉脈般開展出各自的動線，像是不曾也可能永遠不會走入的曲折巷道、支線的支線，穿梭於那些聚合不同身世來歷、高高低低、熱鬧冷清、現代化新穎丁掛牆的或老式混凝土牆面的建築內外。

我們是分隔數地的不熟悉的家人，只有大事來了，才像兩點間取最短直線的高速公路般將彼此召回、歸隊、聚合。

雙眼熟悉黑暗後，細節便閃爍著忽明忽暗的光。大片的玻璃窗疊映著不斷被拋在後面的道路、我的臉，和你父親略不自然的坐姿。他在身旁累得睡去，發出不甚均勻的鼾聲，即便這麼平穩的滑行中，他彷彿仍像是被什麼追趕似地，在夢與夢的縫隙顛簸踉蹌。

路上車行稀少，偶有國光號、統聯客運靠近並馳，或對向趕進度的載貨卡車超過了小客車，車燈是照路的眼睛，也是危險的警戒，高反差的霓虹光點，螢光橘、孔雀藍、碧綠、火紅，在我眼睫下劃出一道道拉長的光束，如此迷幻，連一旁黑暗無光的沉默山丘，也彷彿不再那麼固執，有一點垂憐的可親。

這條路線其實並非第一次走了。

幾年前，當你的奶奶（那時還喊她伯母）身體仍硬朗時，曾在這間醫院做看護。我們經常開車載她前往，隔一陣子（長短有點感傷的，視病人健康出院或不需出院了而定）再去接她，或中間送去些忘了帶齊的物資。

大概沒有人不本能地在害怕著醫院，不僅因為命運的轉輪在此，非生即死，而是身體，那或許是經驗破碎的現代社會中，人們保有最後完整的神祕了；也於是，一旦它不再那麼唯意志之命是從，我們才會發現自己的無知，而必須透過他者與冰冷儀器觸摸和詮釋，如巨大化的愛麗絲，五臟六腑神經大腦穿透各自的房間。在醫院的長廊走動，彷彿得先自廢這承裝生命的容器為一整體的禁忌。

醫院是最接近人體、但也最容易感覺肉身如此脆弱易崩解的冷酷異境。

為了傳遞生命，必須克服這長久以來的恐懼和不安，將你我（連同）心靈全然託付給一（數）個陌生人。這多麼需要好運氣？

終於我們依循指標，找到了嫂嫂。她因長期無眠而顯得憔悴，而抱在懷中的孩子則因接受了適當的治療，終於進入深沉的睡眠，眉頭亦舒展開來。嫂嫂打算就這麼抱著直到他醒來，令人無法逼視和以理性作選擇的母愛，母親的形象，我們算是預長了見識。

時記

「適量補充鐵與鈣質，但若同時服用會影響彼此的吸收，建議可早上攝取鈣質，中午飯後一小時再吃鐵質，並搭配維生素C含量多的食物如櫻桃、柑橘類等，效果更好，至於對胎兒腦部發育有幫助的DHA，也可酌量補充，但須注意有擴張血管作用的EPA成分不可過高，以免造成流產的危險。」

在「毒」字當頭年代，禍從口入已是常態。包藏在養生、健康糖衣下的營養素，也有如講求相生相剋的五行玄奇之術；然於彷彿永遠在自我推翻、互相矛盾的偽真理（其實是常識）、偽權威（其實是資訊）、偽見證（其實是推銷）的莫衷一是中，我常感徬徨，於是別無選擇讓自己長出硬刺，什麼都只相信到表面就好。

他者之夢 02

報上一則消息：奧黛麗赫本去世當天，兩位兒子收到來自全球各地影迷的信件、卡片，而原本只有六百多人居住的村莊，湧進超過兩萬五千人，才知道母親是超級巨星。

男孩曾經在閣樓上，用六十釐米幻燈片偷偷觀看母親年輕時主演的電影。像是一個金色輝煌的時光如湖面倒影輕輕泛漾過他的眼瞳，激起的是炫耀或者有些微妒忌的水花，還是某種自己也不願意承認的陌生感？彷彿那個在另一時空巧笑倩兮的女孩，和眾多不是「父親」的男子們邂逅、錯過、死生契闊，對照眼前日日相處的、眉眼仍殘留著一抹豔麗靈動波光的老婦，她們的關係說不定才更像是母親與女兒罷。

或許像納博科夫之友對於家庭錄影帶的永恆疑惑和恐懼，為什麼在那個沒有自己的世界，父母還能笑得如此泰然自若。對那位離開人世的母親而言，兒子一無所知她的鋒芒和榮光，實是對女演員演技的最高讚美。

c. 換日線

九週（4/13～4/19）

擬態。在熟悉之處生活久了，地圖雖在日常動線中無所不在，對它視而不見，即形同無用之物。

因為你預約了自己的到來，我們開始意識到這件事之於原有生活的變化，像是一場緩慢而堅定的大遷移。其實還不太能夠確定，兩人過往一起累聚的移動和旅行的經驗，是否可以應用在此時，讓未來的抵達更從容、踏實，如同打撈時間和現實條件為素材編織，也像是你父親最擅長的地圖閱讀，從那些雜亂無章的線頭，縱橫交錯的街巷，指認清楚的經緯，辨識出我們的位置、方向和最適宜的節奏與動線，將平面化為立體，從現在預想未來。

生一個孩子要花費多少？怎麼安排育兒與留給自己、貓家人的時間，仍能維持一定的生活品質？有誰可以在我們分身乏術時託付和分擔？規劃屬於你的小空間及找齊相關物件須留意什麼原則？母親的身心變化和用品打理、胎兒照顧和養育知識的概念建立和取得管道，是否有捷徑可依循？身旁是否有媽媽朋友們的社群網絡，可就近諮詢與求教？

這些斷續蒐集而來的心得碎片，宛如一張張版本殊異又未經統一修訂的地圖，都被我們一股腦兒裝訂在印象的集冊中。閒來「翻閱」討論，朦朧想像那些按圖走過的「先行者」們，旅途見聞各有平緩曲折、明亮隱微，都像是映照現實的無限化身，如同明月之於水中倒影，真實將只有一種，便是我們尚未親自走過的那一回。

彷彿把近未來設想成將移居入駐一座異國之城，以手繪一張張比例尺、主題、街區、景點和移動方式各異的地圖集為起點，想像和演練擁有一個孩子的「三」口之家，為了安頓生活的接軌需提早預作的準備。你父親除了督促容易耽溺於當下的妻子，記得返身記錄每天的飲食內容、排便狀況、睡眠（還不時刻意抽問吃了葉酸沒有？）；也去圖書館辦了借書額度較個人卡多一倍的家庭卡，大袋大袋搬回懷孕、生產、育兒主題的書籍、孕期食譜，盡可能早一步「劃重點」掌握孕期和寶寶成長階段，更務實地試列育嬰用品清單、生產預算表，及打聽政府相關補助辦法和申請時間，預備提出育嬰假；並和那些早一步為人父母的好友打聽經驗談……

究竟這座「城」將同時奪去又給予我們什麼呢？居民的心情溫濕度如何？是否四季如春又或者冷熱無常？似水般的日子是平坦開闊還是崎嶇陡峭一如地形起伏？常有交通擁擠或枯索等待的停頓滯悶嗎？對新移民友善嗎？如何取得與烹煮適合的食物？是否珍視時間慢速累積的點滴？各種公共空間和社會資源運作，是否也無差別地歡迎尚未成熟的幼小心靈，並隨時可以放心地迷路忘返？

我們時而瞻望、時而遲疑，每停下來參考一份資料、一種說法、一次別人的親身經歷，我們的地圖集，或說未來的理想生活，就抽換變動一次。

然總在這一次次的試圖對焦又抽離的過程，錯以為較諸你終於活生生出現在眼前、被懷抱於心口的熨貼暖熱，這本地圖集寄宿的興奮、焦慮和期待，竟比「本體」更加來得真實而有存在感。

恰如旅行，或者也如談一場戀愛，出發前的準備，如閱讀一本書的索引、目錄和引言，永遠比啟程後充滿更多可能和自由。

或許如同偉大的漫遊者亨利・梭羅所說，在同一個地方，為了看見不同，眼睛也必須懷有不同的目的。我們「換上」不同的「眼睛」，於是它為我們召喚到眼前的、沒有懷孕時不曾注意的景象，孕婦、帶孩子的父親、前後披掛小孩如特技演員當街遊行的機車、小家庭，乃至於親子餐廳、大賣場、生機食品店、育兒友善空間、幼稚園、關於做菜、教育心得分享的部落格、雜誌、童書網站等，彷彿經歷二次對於世界形象的啟蒙，認識大爆炸。

你像是我們同步孕育的新生命，我在腹中，你父親則在大腦。他甚至開始給你寫未來的家書了。

然像預知美好時光終是留不住的煙花，他構築的各種父子／父女關係情境，竟都是很久很久以後，且不約而同地指向「未來的乖離」。我們表面相互取笑，這些永不會被寄出的信，其實是補寄給自己遙遠童年欠缺的備忘錄。如同在別人家的巷弄亂逛，被居民無意間往外潑出的水濺濕衣褲；或造訪久未聯絡的朋友人已到了附近，就是找不到記憶中的那個門牌號碼；排隊使用公廁或自動提款機，自己的那一排總是移動緩慢如驗證莫非定律……往往沒頭沒腦幻想天聽，是否有個成年「大雄」藉時光機回返，提醒過去的自己，「要小心，命運的每一步都會改變未來。」

號稱最不可能沉沒的鐵達尼號，近百年前的四月十四日深夜，被地圖無從標示的魅影冰山攔腰撞斷。沒有人知道未來的確切構圖。自稱「不帶地圖的旅人」的作家、記者蕭乾，深入戰地採訪又歷經文革，想必與生死直面相對多次，才能如是豁達瀟灑。

預想各種還未發生的分離、爭吵，像是太過幸福的人恐懼下一秒的流失、常倒楣的人不敢置信，好運真的降臨了麼？

要是這一粒粒如沙般磨人的「自尋煩惱」，都能被反覆掂量、摩挲、包覆、詮釋，最後成為一顆與自我再難分彼此的溫潤珍珠，讓平凡的日子也能有熠熠生輝之可能，就能夠說服自己更踏實地相信，這座即將因你而抵達的城市，真的歡迎我們長居久住了罷。

那正正是因為我們這一生至此，從未像現在那麼地滿足。

時記

「此週，寶寶的頭臀長約為二・三～三公分左右，約莫一顆中等橄欖般大小，體重約四百毫克～一公克。雖已度過流產和發生後天畸形機率最高的前八週，但八週後仍需留心。」

孕產書不約而同都習用水果的意象，讓準母親想像嬰兒的大小。一顆微澀的葡萄、相思的梅子、苦中帶酸的李子、多汁的梨、芬芳水蜜桃……似乎在孕期如乘船晃搖的眩暈不適襲來之際，召喚這些外表飽滿緊實、酸溜溜甜蜜蜜的果實，能夠暫時製造幻覺的煙霧，忘記當柔腴或彈牙的果肉和自己的唇齒交融之際，突然咬到了堅硬倔強果核的驚愕。

請不要急著來到這個顛仆流離的世界。

十週（4/20～4/26）

樟樹進入花期。在社區圖書館閱覽室二樓取得等高權，得以在字與書換氣的空檔，平視大片落地窗外的黃綠小花如點點繁星。相較此季在鄰國動輒漫天灑布緋豔繁華之粉紅色夢境的櫻樹，實在太平凡，但它有香氣，餘味更長。

膜。自〇九年起城市加諸吸菸者的種種限制，無形中把菸味驅趕集中在人行道、騎樓、路口、餐廳旅館門口、馬路上（機車騎士邊騎邊抽）……等所謂的空曠場所，反倒在街頭製造一支支特大號的無形煙管，對著不知哪裡（來人？半空？看不見的寂寞？）持續噴放了。吸菸者多彎頸背駝且急著解癮，像是個被包裹於煙霧薄膜的畸形巨嬰，因而顯得有些委屈，少了一種換氣的鬆弛和輕盈；非吸菸者經過，往往皺起眉頭，甚至揮手掩鼻（可能還伴隨閉氣），像碰上了什麼髒東西自認倒楣，加快腳步離去。一根短短不到十公分長的白色紙菸，就把人們分隔成沒有交集的族群，如分隔島兩側對向來車相望。

某公車站旁有一抽菸的中年女子在等車。她身旁自動空出一個範圍（結界？），煙霧的空間，路人都區隔於外，於是她擁有了一根菸長度的個人的時間。等到菸熄了，一轉身上車下車，她又會變回誰的母親，誰的妻子罷？這個孤獨建立得如此透明而脆弱，如煙消逝的不可告人，再降落回一種慣性的疲憊和麻木。

你的爺爺不抽菸，你父親大多時候也不抽，除非社交需要或應著某種祕密孤獨的心情，將自己的小世界隨身攜帶，再用一點點的火星，親手焚燒銷毀，任灰燼自紅心的餘溫冷卻成死白，曝於街頭。但一包菸買來，總是放到壓皺了、受潮了，從沒有物盡其用，對節省慣了的他，是某種因遺忘（它的體積實在太小容易淹沒在雜物堆中）伴隨的難得豪奢。

菸的煙白濛濛的，乘著看不見的氣流翅膀起飛、開散、竄游，要完全約束簡直不可能。欲望也是，越禁就越燃燒。原本一天一杯喝自己燒的黑咖啡，像與夢和鬆懶身體決裂的儀式，「喝了這杯就要打起精神做事囉！」想像中的硬派作風；然現在為了肚子裡的你，只能喝乳白的牛奶和豆漿，顏色之差，整個人都軟酥酥，溫柔了。

無端想起那一個晚上，和你父親回家告知懷孕時你奶奶的反應。對於媳婦有孕一事，她除了開心，和聲明不帶孫子（女），也別無具體的表示。

日日勤上山洗溫泉的婆婆，總散發刺鼻的硫磺味，像生命曾在她的身體留下永遠無法修復的破損、傷痕和故障，味道提醒它們的存在，卻也像張架在周身漫天灑落的膜，界定了孤獨和親密的尺距。她活得比我們更接近一個孩子，過去與未來意義模糊，當下決定一切。孫子（女）的存在感此時仍是虛多實少。或許我們和她相隔的，也就如同一口煙的距離。

雖然那時難掩失望，但絕料想不到的是，當一個活生生的小生命正在面前那麼努力地圖破我們大人早已理所當然的障礙，學爬、學走、學吃飯、學說話……將帶給這位老婦多麼大的快慰！

後來你父親轉念一想，這樣也好，若母親太積極、太熱情，對以前人生養孩子的做法和禁忌等記性太好，我們這對夫妻野人慣了，說不定還會感到束縛不自由。此前稍早，收到來自醫院的簡訊，上次產檢自費作的「脊髓性肌肉萎縮症基因檢測」，結果為「不具該症帶因者之基因型」。我們鬆了口氣。

「或許已經收到不少親友餽贈的二手孕婦裝（及產後的哺乳衣、哺乳胸罩等），由於真正需要穿著孕婦裝的時間僅懷孕中、後期幾個月，也可以試著自己整理出家中一些寬鬆點的衣褲，或先生的衣物，懷孕中期前、生產完後都相當實穿。不必急著更換內衣，可以等到乳房有明顯變化時再購買，或著用沒有鋼圈的運動內衣。」

對於一輩子沒有胖過的人來說，這建議像是一則太過早到的安慰，那個被指派在豔陽下穿上布偶裝娛樂孩子的倒楣鬼，現在還納涼而眠無知無覺。

若真要說有什麼改變，或許是對於保有三十多年的女性身體私密觀感，竟然因為懷孕而毫不費力「除魅」，還原成純然的功能性而非性吸引的存在，自己也覺得不可思議。

於是每當在公共圖書館翻閱孕產書籍，看見那些公然袒胸哺乳或各種寫實的分娩圖片，有幾張似被匆匆撕去，就見怪不怪了。

十一週（4/27～5/3）

早凋。你已經從一根迴紋針長成一支髮夾大小。你父親形容。四・八公分，多麼小的一個生命，連巴掌大都不到。這一晚去到診所與你「見面」，特別開心，領了媽媽手冊，表示胚胎已穩定（謝謝你決定留下來當我們的孩子了），總之氣氛是輕鬆的。主角的你如同公仔玩具的隱藏版，只見輪廓但細節是一個大大的問號，是捲起我們笑聲的渦流中心所在，像漆黑宇宙中看不見的重力場，卻是真實存在的。

幾年前，親情的力量也牽引著你父親，在每隔一兩週的週末，帶著他的母親往北去到位於石牌的一家老人安養院，把你未及謀面的爺爺從一張床接出來，去到附近大學的咖啡館喝點飲料，吃吃小蛋糕，然後再送回床上。

分別時你爺爺總問，什麼時候可以回家？他們跟他握手擁抱無法回答。

失落在外的家人，彷彿活在記憶的離島，僅於暫時自工作逃離的假日，如逢雲開月明，一行人從生活的大陸邊緣漂離，緩緩划著重疊壓抑的心情，去到那個更為幽閉的孤島，是啟程也是回歸，交換著彼此不在場、卻也不見太多進展的停滯。

隨行的我，次數多了，亦或多或少地察覺，那些太容易被觸發的遺憾和感嘆，之於他們，如同被海水重複沖刷的礁石，早已被蝕刻成臉面相似的沉默；或如下過雨後的老式人行道鋪排的鬆動紅磚，再無法誘陷這些老練的步行者誤踩，失去情感的平衡。因而顯得見面日當下，時光的流動似乎更為漫長，但在事後追憶中，卻永遠像是在某些定格的畫面反覆跳動的故障短片。

固定模式的見面日，重複而重複直至盡頭，成為無法再現的時光。

見面日時乖順、開朗、風趣的老爹，和在家人們背轉身離去後恍如被棄般不斷以吵架、抱怨、探問甚或調戲、打罵外籍看護和鄰床其他老人度日的他，那些像時間差般無法即時傳遞給至親之人的疼痛、孤獨、自覺身體逐漸不聽意志指揮的煩躁。我們多麼希望那是顛倒現實沙漏的夢境，實則他無病無痛，與家人共住，逗弄你同享天倫之樂。

換日線。看了前次抽血檢查報告，驗出有貧血，你父親買新寶納多給我補鐵；感冒了，他請醫生開藥錠，但我堅持只是備而不用。

儘管醫學發展一日千里，但孕婦服用感冒藥會生下畸形的嬰兒的都市傳說繪聲繪影。我們現在的所作所為，哪怕如此微不足道，都像是一個看不見的工程，其影響須待以肉身穿透層疊的時光之牆，直到走得夠遠了，或許才能換取些許眼力，從看似各自獨立的陰影、暗示，連綴出意義的輪廓。

自位於二樓的診所走下，出了大樓到人行道，一旁的大馬路似乎已先行入睡，街燈亮著眼，車行稀少；然幾個通往夜市的巷口，熱鬧的霓虹光影、青春的嘈雜、滋滋有味的食物香氣，沿著曲折的舊時窄巷流淌而出，像是街道亦無力承載自己夜夜上演的不老之夢。

你父親扶著我異常細心緩慢地跨坐上機車。事後我才知道，原來當時他的腦中，正無聲漫溢著兩人共度的流年，在這台老車上蓄積的記憶里程，有那麼多無從分說的開心、爭吵、癡夢、胡言亂語，它們早已與這車綢繆成彼此的羈絆，卻是否應該要因為你的加入，暫時讓位，改搭公車及捷運了呢？

引擎發動，前後車輪恍如在平靜深海海面無聲地滑動，左轉、右彎，暫停、重又起步，像是與柏油路面跳著默契極佳的雙人舞。自和平東路二段往東行，去到復興南路，這條街提供熱騰騰的清粥小菜，幾個店家，深夜食堂，像睡前才感覺餓了的孩子央著母親再亮起廚房的燈、熱一點方便菜那般的家常氛圍（但凡城市裡過了用餐時間仍提供熱食的地方，都容易讓離家的人想念起母親）。

因仍在害喜，原本吃慣了還算可以接受的店家，現在卻形同陌路，只要一回想起味道，就噁心作嘔起來，彷彿你透過了味覺的異化，宣示自己為唯一「信仰」，我須依循你曖昧的暗示「齋戒」，希冀能夠成就對你的禮讚。

跑了一家又一家，他沒有表示任何不耐，或許浪遊的軌跡已如花紋細密的浮水印，覆寫入我們的基因，想走就走，想停就停，現在你也加入了。

這夜結束前，總算在清粥小菜店林立的後方巷內，找到一家做夜消客層的煲湯店，也算是另類的初次見面。接下來，時光的進程彷彿一路未遇紅燈般的輕盈流暢，如一個渴求多時的美夢在預期外如實，我們喝湯、吃麵線、看著各自的書，飽食、買單、騎車回家、盥洗、上床、一覺到天亮。

這將是近未來注定失落的大陸，必須等待你長成自立後才可能再度重返，但此刻我們落入了疲憊的臂彎，麻木了感知，對於這已在路上無法回頭的大發現之旅，毫無警覺。

是你父親先發現有什麼不對勁了，一本自圖書館借來的書找不著了；輾轉回溯，應該就是在這家店鬆脫了與我們相連的環節。這本遺失在昨夜的書，像一個時光信物，於是終於可以相信，昨夜街道的夢彼此說好了，千手千足幻化成一道微型家族史的換日線，就這麼攙攙扶扶、托托推推，象徵性正式地把我們從原本棲身兩人世界帶離，送入三口之家。

時記

「在孕期滿三個月後，醫生會建議作『抽母血的胎兒唐氏症篩檢』，篩選罹患唐氏症和神經管缺損發生的風險。」

如果，還有第二次懷孕的機會，哪些產檢必定要做、哪些則是選擇性，心中便會更有定見，也會提醒自己記得向醫生詢問其必要性、好處、風險、準確性、是否有替代方案。例如產婦問聞之色變的唐氏症，在孕期中可能會經過三次篩選，除母血唐氏症篩檢外，還有頸部透明帶超音波檢查，及準確率最高的羊膜穿刺（檢查染色體是否異常）；然對於必定要作穿刺的高齡產婦來說，前兩者其實可略過，除非家族有病史。

十二週（5/4～5/10）

浮躁。過了立夏，夏天就不遠了。萬物生長，蚯蚓翻土，螻蛄夜鳴，王瓜結子，總之是日夜都生機盎然、蠢蠢欲動。

然當大多數的孕婦都已恢復和世界的友好關係，彷彿慢熟的我（和你）才要開始經歷天旋地轉。

「這世上一定有自己能吃的東西！」

某一天我陷入了一種少有的恐慌，有如體驗飢餓至極卻一口東西都吃不下的厭食狀態。去到社區的民眾閱覽室，翻看孕婦食譜，和隨手自隔壁書架拿取的、印刷精美的某一日本料理師傅按季節創作的菜肴（每一道皆繁複幻麗得彷彿不屬於這人世之物），依據食材、作料、做法……等描述調動想像的味覺烹煮，內心卻苦澀如腹中發泡翻騰的胃酸。此刻非常想念母親，你那還未謀面的外婆，想念那遙遠的、回家即有食物飽腹且兼顧營養的日子，那恍如魔法般點石成金的輕盈，現在終於知道是由於一個聰慧的女人支付她最好的青春在廚房日日打磨而出的技藝，及以愛之名的驚人恆心和耐力淬煉。然她不在身邊，而圖片再好，也引不起食欲。

於是放下書，走向超市，以為接觸真實的食材、透過顏色、形狀、氣味、重量的感官傳遞，會喚起本能，卻進一步嘗到挫敗。像一隻自人形退化的獸，在光潔整齊的走道來回梭巡、嗅聞，但內心空虛，眼前的材料儘管樣性如此豐富，卻無法形成一道金線，通往開啟胃口的密室。

無感了？一切彷彿都與自己無關、疏離、不帶感情，過往的時間都不算數，我被孤立於外。如同身體進駐另一靈魂，感官逐漸被掌控，進而連記憶都必須重新洗牌，成為一個全新但陌生的存在，城市是陌路之城，我需要先解構，再重新建立一份味覺的地圖，但這究竟是屬於我的，還是你的？而所謂的「我們」的親密感，除了生理上自然天成的「臍帶」，竟是從尋找兩個生命共通的味覺開始？

重新以想像祭起一座虛擬的味覺之城，靈光乍現中，幾個字眼在黑暗裡閃閃發亮，

「梅」、「金桔」……像路標般指向市區的一家小小餐館，我決定不辭遙遠和不便前往。再試一次。然還是失望了，鮮蔬沙拉味同嚼食草根，主食金棗松阪肉，搭配紅菜拌滷肉汁、大黃豆芽，清淡而自然，仍強壓著噁心吃下，只為了讓「我們」不餓。

多麼想把日子過成一本歲時曆。

若每件自生活流過的大小事，都視為可解讀、擴充意義和想像的象徵、目次、引言，那麼它所通往的指涉、章節、內容究竟是什麼？有什麼訊息是自己的天線漏接的？還是這對過往的全面推翻，不只是一種否定，而是否定再否定之後的肯定？也許過去的飲食模式已經太過於安逸僵化，如路走熟了根本無視路標的存在，而到了一個需重新檢視變化和營養是否均衡足夠養活自己和一個嬰兒的分歧點？

在這徒勞一日結束前，打開筆記本，以尺規畫上格線，開始計畫未來一週的吃食：星期一，梅漬菜梗、檸檬香烤鮮魚、菠菜炒豬肝、蛤蜊蘿蔔湯；星期二，山藥牛柳、炒三絲、豆乾小魚、豬血酸菜湯；星期三，蔬菜燉豬里肌肉、香腸香菇煎蛋、豬血韭菜湯；星期四，客家小炒、高麗菜炒番茄、玉米排骨湯；星期五，韭菜炒蛋、汆燙大陸妹、滷豬雜；假日「回收」或外食。像在真正出發前，以符號想像沿路風景，感受自己軟弱的心搖擺如一只風向雞，竟有一種漫遊童話森林的不真實感了。

是真的要自己動手做菜了？雖然出嫁前下廚的次數屈指可數，但一位婦人在廚房勞動的現場，自有記憶起就不陌生，拿母親的背影和品味當靠山，居然是我生命中少數感到莫名安適自信的時刻了。

他者之夢 03

米蘭・昆德拉著，《生命中不能承受之輕》。

「有同情心（同感），即能夠與他人同甘共苦，同時與他人分享其他任何情感：快樂、憂愁、幸福、痛苦。因此這種同情，是指最高境界的情感想像力，指情感的心靈感應藝術。在情感的各個境界中，這是最高級的情感。」

我和你的父親總是以一前一後的方式同讀一本書，尋找、感受彼此在其中留下的餘溫，也許是一張書籤，書頁的一角摺痕，某一段落的天地處一個用鉛筆輕輕勾擦的筆跡，一些些字跡潦草不知是多麼年少時留下的幼稚囈語。而讓我們真正懂得共時性閱讀樂趣的，竟是懷孕書裡的夫妻體操篇章。

圖片中體型像天線寶寶頂著渾圓肚子的孕婦，和相較之下竟顯得纖細的你父親，示範各種（實在有些喜感的）對稱、支撐、伸展的動作，彷彿懷孕一事竟是如此透著傻氣的天真，辛苦也因兩人的攜手而釀成了蜜。

駱以軍著，《遠方》。

一趟前往異地（卻是父親的故鄉）拯救父親之旅，文化既熟悉又陌生的隔閡，醫療體系、疾病的隱晦本質難以穿透，如低頭在別人家搭蓋各式違建、堆放雜物的後街防火巷弄裡亂竄，以為只要繼續前進，總有能豁然開朗通到主要幹道的時候，卻太常發現自己陷入了前此無路的窘境。

太像是一則可能發生在你未來的寓言。我們的孩子還未出生，就必須肩負著解救父母目前無能為力，且在可預見的日後必定每況愈下的生命窘境的艱巨任務，作為寫作者被時代潮流、階級翻身、財富金錢遊戲、不斷自我替代的科技遠遠拋在後面的邊緣再邊緣。我們對自己、對理想的生活還有太多疑惑、不安和想像，以至於蹉跎了時間，直到將近體能邊界，才發願要有一個孩子，然後，孩子就來了。

只不過，我們連下一餐要吃什麼都常猶豫再三靈感全無，何嘗能夠全權決定一個生命的走向呢？也於是，你是自由的。就像我們曾期望於我們自己能自父母獲得的，最好的祝福。

其實從此刻起，我們的生命雖然交集卻是全然不同情調：你即將緩緩地進入上坡，而我們則正準備下坡。在不可見的未來，若我們在某個異地失事了，跌墜了，傷毀了，你會不會來接我們回家？

d. 物之陣

十三週（5/11～5/17）

鑄模。我所認識的母親，你的外婆，是無一刻懶怠的。忙子女、忙丈夫、忙親人，最後才顧念自己。她出現在所有人的故事裡，或許是伸隻手、講幾句話、露個背影，留下一個匆促晃動的模糊身影，卻從來也不是主角。我不知道母親是否曾經在意，但或許她總是在動，沒時間停下來想，像牆上的時鐘，不拖拍，不誤點。

從未懷疑，自己能擁有現在這個還算沒有太走樣的人生，都要歸功於母親按照她自己的道德時時打磨、捏塑、微調，還有在我已記憶模糊的遙遠童年（當父親長期在全台各個軍事基地輪調而家中只有母親獨撐），她為我立下某些不能踰越的道德和教養。雖然青春期的我，身心都像一尾暴露在空氣中劇烈掙扎又茫然的魚，特別感到來自她的束縛，然母親是聰明的，也會隨著時間學習成長和智慧，她拉開了網距，我也獲得喘息。

後來自己也經歷了一些昨是今非，才從她的不倦，看見了破綻，那源源不絕的驅動能量，其實是恐懼。恐懼是她的宗教，恐懼無常，恐懼沒有規律，恐懼留白，恐懼一停下來就等於死亡。

一說到母女之間的故事，總感覺實多虛少，就算想要加綴一條浪漫的蕾絲，或縫一段鮮色淋漓的繡線，就是不太相襯，原因大約是母女的本質類似模子與翻模的關係，未乾前黏手，乾了後又太硬骨。雖然我們從未相互承認，彼此其實很像。

但也竟是成為母親之後，才慢慢從你身上照見了自己重疊你外婆的影子。

從懷孕起，母親又有新目標，開始擔心女兒不知道怎麼當個母親。雖然沒有明說，然打從女兒出乎意料宣布有孕，母親就一直以看小女孩扮大戲的緊繃心情參與著過程，且有意無意等待女兒揭穿她刻意拙劣的演技，讓自己的情感找到一個名正言順的出口。時代日新，她四十幾年前懷孕的經驗，不是淡忘，就是不合時宜。話語無用且多餘，無聲勝有聲，我們之間很自然而然又倒退回最原始的起點，食物。

人說普世嬰兒最早會發出有意義的聲音，是「ㄇㄚ」，因為張大口想吃的食欲是生存本能，所以這個音就被賦予給他／她的餵食者，母親。這回合，是母親撿拾了我的隻字片語為柴薪，每當我返家探視兩老，下一次餐桌定會出現前次提起的菜餚，或避免引起孕吐的冷食，已成為彼此不必言說的默契。

自然還是做女兒的容受母親的照養了。

大概是體內因此有什麼隱藏天線被拉長接通，此後走在路上，眼光都離不開各種年齡、體型胖瘦、優雅或瀕臨失態的母女組合；我開始可以把她們引為知己，同情女兒嬌憨的有效期限，看穿母親自持鎮定下的焦灼。

仍不曾後悔，是否該早一點懷孕生子，以便能夠更早理解母親，那些齟齬和空轉，也就無從在現實一再轉生。

今年的母親節，母親和我各自在家中對著電視，當選秀節目《星光大道》裡年輕孩子們即將唱完最後一首歌，一天也就無意外地完結了。

時記

「由於懷孕的喜訊已逐漸傳開，可能因大家熱心的指點而一時間無法適應（甚至聽見護士稱呼自己為XXX媽媽，會感到疏離），或開始擔心身材走樣後是否能順利恢復，但同時又感覺到自己生命因懷孕而產生前所未有的歸屬感，只要放輕鬆，專注為寶寶營造溫馨快樂的環境，就能忘記無謂的憂慮。」

「保持心情愉快」、「放輕鬆」、「媽媽快樂，孩子生下來才會好養」，這些孕期會不斷聽到的話語，彷彿隧道回聲，像是在「訂製」一個孩子的未知中，僅憑的一線其實也屬虛無的信念，不確定的因與果關係，所投入的「原料」，企望不只能求得健康的「成品」，還能進一步指定性格、心智的屬性。

轉念一想，這不就是母親一廂情願、想藉臍帶私通給孩子的賄賂嗎？

現在回想起來，那即是你初次發送給我的訊息。

十四週（5／18～5／24）

你愈設想，愈思量，你就愈發覺原來一個孩子的日常作息，會動支這麼多無窮無盡的必需。你愈貼心去斟酌，在幾日暫居中，這些「必需」，如何可以從權卻不委屈了兄姊的孩子們，你也就好像，是在計量著孩子們並不知情，而你以最直接的情感，想要去正面去取得聯繫的親族往日。

——童偉格〈終局〉

物之陣。天空飄下彩紙，遠方施放著花火，在夢一般發光的城市中，一隻布老鼠神氣地吹著直笛，玩具號角滴滴答答伴著小鼓大鼓的節奏，頭戴黑禮帽的小小騎兵樂隊領頭，後面跟著動物布偶和洋娃娃們，手上拿著搖鈴和三角鐵，布螃蟹和塑膠小鴨子在隊伍的空隙間追逐，卡通貼紙們也搖搖擺擺抵抗著陣陣微風，與娃娃書手牽手前行，後面還有大隊的嬰兒衣服、鞋襪、奶瓶尿布，以及嬰兒車、嬰兒床、嬰兒澡盆等，全都浩浩蕩蕩在大街小巷穿梭。

仔細看，它們有的缺了角，有的斷了胳膊缺了眼，有的沾了陳年口水和奶漬都發黃發黑，大多都不再光鮮亮麗，渾身上下拓印了旅程長短的痕跡，和許多寶寶的喜怒哀樂，母親不在身旁的一個人的祕密時光。

這不是日本動畫導演今敏《盜夢偵探》的經典畫面，夢境顛倒滲透到了現實，而是一趟嬰兒用品的大規模遷徙之旅。一聽你外婆說我有孕，你二舅便一刻也等不及，忙不迭打電話來，要移交兩個小表哥用不著（其中也有不少來自各方朋友慷慨贈與）的什物。那是一個嶄新而未知的海域，籠罩在濃霧中的金銀島，設計給身高五十～六十公分嬌貴人種專用的物件花園，奇花異草與敗草齊放，像一個遊戲開始的暗號，彈指在空氣中爆開的清脆聲響，我們的生活家家酒劇場，以物件的風暴拉開序場。

這些未來生活的「夥伴」，並肩育嬰的「戰士」，把原來的空車，一輛承自你外公、排氣量一千二的二十年小車幾乎塞爆——包括一張老式木造嬰兒床，護欄貼滿了哈姆太郎、米老鼠、唐老鴨等斑駁貼紙；鋼骨帆布搖擺床；新生兒的紗布衣、肚圍、包巾等；

塑膠的玩具，布面的獸偶，掛飾、拉繩式音樂鈴（音樂功能已故障）、訓練手指小肌肉的各種手搖鈴，攜帶式電動吸乳器（產後要使用時才發現馬達運轉無力）——想著未來你將會接收這些玩具作為認識世界的取樣，感受到你的存在感越發真實；但隨即煩惱，不到十四坪的小小空間根本已無餘裕擺開新加入的「物之陣」，我們還沒準備好，像刻印的陰刻，把原有的生活輪廓重新削切修磨，模造出你已在場的模樣。

接力。孩子長太快，父母惜物，總是給小的接收大的。在我們三兄妹人生的物件接力賽中，因為老三是女生，老大老二是男生，此刻便顯得老二的尷尬，用舊物穿舊衣舊鞋，而本應「世襲」的老三，只因性別不同，竟占了獨生女的便宜，可以另起新局，甚至連房間都獨占一室。年紀那麼小，根本無從領會物件不以新舊判別好壞美醜，反而要感謝它夾帶的情意和祝福。想來兄妹從小到大打打鬧鬧，不知跟這點心眼有沒有關係。

現在哥哥們與我落腳不同的城市，也許一年見不到幾次面、說不到幾句話，如同一棵大樹往不同方向伸出的枝椏，只在年節感受到同根的聯繫，那就是家族。若至今我們尚以為自己仍可以自由且不受限制地向上向外伸展、瞭望、去往遠方，那是因為至極幸運，擁有一對身心健全且能扶持彼此的老父老母（不敢去想像的是，有一天老人家不在了，也許兄妹之間也就真的散了罷）。

往後能為你再添一個弟弟或妹妹的機率，像是逐漸暗去的日偏西山，會不會打從一開始，孤獨的影子就注定攀附著你的人生呢？

冷清一直是我的病根。這是太長期習慣獨處又怕麻煩所累積的毒素，有時反而無法坦然釋出適當的空間，擺放他人的善意。懷孕讓長期涼颼颼的人際關係，突然如大火加溫，新友舊識自記憶底層、生活邊界翻湧出現。從那些笑語寒暄的現場退下，回頭是岸，大驚岸邊一時間擱淺許多自人際大海捲來的二手物資，以大箱大袋為單位，其中簇新未用的也不在少數。顯然這些前任使用者們，都被滿溢的親情之愛簇擁，經濟不景氣的陰影到此立入禁止。

當然也不乏晦暗之物，彷彿無聲重現原物主深陷是丟是留的矛盾泥淖——只是少個零件一時不方便修也捨不得丟，單價高卻用起來不太順手就擱置起來，體積大重量重連作為垃圾都還擠不出力氣和心思處理，而徬徨流落至此。

我反倒在這些物之喜、物之哀、物之在與不在的隱微中，真實感受到與他人的相通，因為這也是自己的寫照。找到一個知心合用之物難，又要禁得起不變心的時間苛刑更難，最難的是眼下，明知寶寶的成長某方面來說，等同於一連串與物件告別的過程，要如何珍惜，又不致太濫情，以免日後過於傷感？

你爺爺過世後，房間大門總是關著。一次婆婆忘了掩上，黑洞中除了一張床，所有空間幾乎都被一包包裝兩人舊物的塑膠袋占據，彷彿它們才是理所當然的家具，找到土地生了根，留來留去留成愁。

我大概也可以預想，（通常）在一個天氣非常好的未來午後，那些取悅、陪伴過你的「守護者」們，便整隊等待，搭載一對新手父母駕駛的房車，盛大遊行到下一家。長期的流浪，讓它們顯出一種灰撲撲蒼老的疲憊、體態扭曲變形，甚至發霉發臭，這老兵隊伍每轉移陣地一次，就會折損一些「弟兄」——穿到起毛球的襪子，領口胸口永遠洗不掉發黃奶漬的兔裝連身服，廉價且粗製濫造的塑膠贈品小玩具……只是不知，不斷上路的它們，是否在某個等紅綠燈或屈身某家玩具箱底層記憶墳場的暫停時刻，也會想望著，何時才能有真正除役的一日？哪怕，是去到文明的廢墟，垃圾場，進入另一維度的毀滅循環。

屆時它們是否還會記得，有一個才來到這世界不久的小嬰兒，曾經以雙眼、以手指、以唇舌，專心一意、不放過任何曲度形狀機關細節地，對它們的存在真誠相待過。

時記

「寶寶臉上已長出稀疏的頭髮和眉毛，而手指的指紋也出現了。」

足以識別你存在於世、獨一無二的特徵，又多了一樣。

十五週（5/25～5/31）

每個人都曾暗自發誓長大絕對不要變成自己的父母。但同時，我們卻也哀悼自己為什麼不能過著他們那種人生。

——強納森・法蘭岑〈談《修正》〉

鼻子。納博科夫在自傳《說吧，記憶》描寫古老家族的凝聚，讓讀者看見了鼻子，納博科夫式的俄國鼻，和郭爾夫式的德國鼻，那一再重複出現的臉部特徵，「就像指標或製造者的商標。」

從小周遭親友就說我長得像父親，特別是鼻型，偏細長而挺，但到了鼻尖處出現一點微妙上揚的弧度，側面輪廓像溜滑梯般有點喜感。三十幾年來，我頂著這管鼻子過自己的日子，渾然不覺與父親的過往有什麼關聯。

算算你的外公到二〇一〇年已八十二歲了，若再加回戰亂時少報的幾歲，也朝九十高壽邁進。如同命運在一九四九年被折曲的人們，那些歷史和時代碾印在父親生命的痕跡，竟如此頑強地抵禦衰老、退化和失憶的威脅。記性仍非常好的他其實曾動念想要做個整理，也曾試圖斷續說予我聽，但說者和聽者就是對不上頻道。從他口中吐出本應飽含情感和畫面的字句，傳到耳際，聽起來竟像老式公寓玄關處的對講機，不知是哪裡故障了，總是從那冷氣出風口般的塑膠面板颼颼地傳出莫名的字句、呼喊，磁化的人聲幽魂般飄浮，飛不起來又找不到著落，終碎成一地噪音。

美國小說家、散文作家強納森•法蘭岑曾說：「與父母的對話成為回味過去五十年美國社會科技政治的演變。」著實令人羨慕，但我知道僅憑父親的線索，要還原和編織那無所不在其實才是主調的大背景，遠非心血來潮或溫馨聚餐後的閒聊能行。

有時會錯覺，這樣對話慢慢失焦的父女關係，把父親變成像養在廣口玻璃罐裡的胖娃娃、吉祥物，越來越鬆弛、柔軟，被一團極為淺短、夢幻霧氣般的景深圍繞。他愛哭，少女般容易多愁善感。除了早晨起床運動、傍晚散步、睡前洗澡及與便祕如臨大敵作戰外，幾乎總坐在電視機前；經常我返家，大門打開驚動他抬頭，老淚已在皺紋蝕刻臉龐成溝渠也似的路徑閃動，如才剛剛開採而出的珍稀礦石。

描寫父慈子孝親情情深，即使情節老哏，必哭（比如一再重播以靈活大眼睛著稱的女主角，天真無知大鬧皇宮的清裝幻想浪漫劇）；在某領域和位置沒沒無聞耕耘大半輩子，生前死後終於獲得世人認可並頒予桂冠的榮光，必哭（比如影視金鐘金馬奧斯卡頒獎典禮）；或者年紀輕輕即以早慧才華和旺盛生命力克服壓力、達到創造的高峰，必哭（比如奧運各項體育競賽、跨國大型歌唱比賽等）。

那實是一個現世安穩清明、重情重義的質樸想像，人們相信只要付出努力，必會獲得等值回報的世界。我無從猜測與想像，在父親無數個我不在場的人生中，這些良質美善的理想品德，是如何支持（或者更顯矛盾掙扎？）他度過理應黑暗震盪多於順遂靜好的現實歲月呢？

如同他臉上那根俊挺的鼻子，是唯一從春風少年偷渡到暮年仍沒有坍垮萎縮的瓶中信。

二〇〇九年隨老人跨海探親，回到一萬多公里外的他的故鄉。那是一個已被經濟改造成單一白楊木林地景的鄉下小村，土屋錯落，稍微肥沃一點的土地則夏季種包穀（玉米）冬季種小麥，也養一些羊兒雞兒豬隻。

走在村裡的泥土路，總是灰塵飛揚，白日如起霧陰天則彷彿置身隧道；到了灶該熱的時候，空氣中少不了燒枯草的黑煙和嗆鼻味；見來人不用問，肯定跟我們同姓，若要認真追究，幾百年前都可能是一家人。

憑空多出幾個年紀可當父親的哥哥（因父親輩分高），總是穿著藍色列寧裝，女人則穿襖，很能幹會做事但皆沉默，如拉美魔幻寫實小說裡百足蟲般永遠在家裡各處出沒的女主人典型，以及好多好多一時間難以將人名、關係和臉孔相連在一起的晚輩和小小孩們。父親帶我去到一塊荒地，說是以前的老家主屋所在，那裡矗立著一個與環境相較略顯太新了的石碑，上面刻著父親家族的族譜，他指著末尾我們三兄妹的名字，說：「這就將你們的血脈接上了。」

然在那些來自各個家屋的或友善或羞澀的臉孔上，我們家族的共同註冊商標，鼻子，直通通地自印象的湖面浮凸而出。血緣、基因，原來是在邊走邊忘的時空長卷裡，逆流佇立的一塊石頭。

當這一切半熟半生的喧騰都退潮後的某個深夜，我起身打開農舍大門，踏著涼涼的露水正躡手躡足凝聚的小路，那是我此生初回經歷過的絕對寂靜，空氣像是一團肉感肥腴的膜包裹著我，沒有一盞燈（是的，那是連路燈也沒有的小農村），只有月光照路。陰柔之光竟可以是那麼明亮，低頭，我看見自己的影子。

過了這週，端午節就不遠了。但夏天早已偷跑，整個城按捺不住嘩啦一聲浮躁起來。開始想念一杯冰茶，但是為了你，至少要等一年後再解這個渴。

此次產檢我們自費作了神經管缺損檢查，兩天後，診所告知結果屬低危險群，打電話給老父報訊，父女的對話一如往常，今天好不好？吃過飯了嗎？大便順嗎？想他十歲時牽著我祖父的手，自大陸北方的小村鄆城（《水滸傳》宋江的故鄉），往西南跟著難民潮徒步行走（這當中千奇百怪的見聞、鄉野傳說，後來就成為我幼時的床邊故事），走了一年多才到目的地（祖父竟又原路走回去！），投靠叔父就讀空軍幼校。一九四九年跟著學校遷台，一晃眼就是七十年。

時記

「母親的臉部皮膚可能會長出青春痘，前額、上頰、鼻頭和接近下巴部位也出現懷孕褐斑，在肚臍到恥骨之間，可見一條腹中線黑紋，或皮膚搔癢，甚至已開始有妊娠紋（皮膚的膠原纖維被撐裂失去彈性）產生。勤於擦防曬，注意基本清潔和保濕，多攝取富維生素C和蛋白質的營養品，以利重建皮膚的膠原纖維，也可以開始在容易有妊娠紋之處塗抹妊娠霜按摩作為預防，並持續到產後三個月左右。懷孕時燙染髮，雖不至於對寶寶有不良影響，但一般醫生仍不建議孕婦嘗試。若覺得頭髮太亂不好整理，可考慮剪短或編髮，特別是產後月子期間，為適應新生兒照顧可能較無餘裕打理自己的外表，趁此時換個清爽的髮型也不錯。」

作為《變形記》的主角，發現原本最相親的夥伴，被日漸胖大的身體拖累，頗有不足為外人道的落寞。姑且不論胖瘦的浮面評斷、社會觀感，背叛的人其實是自己，且不知是否是一條不歸路。

若最後可以通往魯本斯筆下幾乎要滿出畫面外的豐腴之美，倒也還算是對得起自少女時代起即極其忠實、幾乎不鬧脾氣乖順的皮膚。

十六週（6／1〜6／7）

遺傳。若有人當面說我長得像（或不像）誰，即便受詞是父親或母親，都會讓我渾身感到一陣不自在。

非關什麼極端的個人主義，也不是某種潔癖，而彷彿是那些話語，把個人特徵從本來一片模糊的圖景，打出了幾個清楚的紅圈圈，相貌的、性格的、脾性的，且通常夾雜著些呼之欲出的評價意味，如果是缺點，不免把上一代也清算進來；優點，則隱隱散發「為什麼不長在我身上」的酸蝕妒意。

總之，就是對於這種事關個人但又無法自己作主選擇的遺傳話題，有種「說了等於沒說」，再引申為「有什麼好說」的抗拒。

社會上從來不乏豪門分產時出現一眉眼神韻肖似家族枝葉的陌生人的新聞，照片一比對，五官拆開細看，還真無人能夠直斷真偽，只得出動DNA解密。遺傳似乎是上帝（如果有的話）玩了億萬年還不感厭膩的排列組合遊戲，一想到長在身上的暗褐色瞳孔、長臉、嘴唇含珠、飛鼠袖手臂和大臀等，是從浩繁的歲月大河、歷經無數生死而傳遞至今的星點火苗行伍，血緣識別密碼，唯對生命的玄祕更加不敢褻瀆。

母女。當婚姻帶我進入另一個家庭，也同時贈予一組家人，婆婆與小姑，還有三隻貓一隻狗。若家族是藤蔓，這對母女可說是奇異種；乍看下，隨歲月流過而愈趨相似的僅止於容貌，個性卻完全相反。

婆婆性急愛催促，心裡藏不住話，容易衝動感情用事。幾年前從香港流行到台灣的創作圖文書系列，以一隻小豬麥兜為主角，在《麥嘜舊歡如夢》裡有一則故事叫〈從前有一個故事……〉，一對朋友A和B，A對B講故事，說從前從前一對朋友C和D，C對D講故事，是關於一對朋友E和F，E對F講故事，是關於一對朋友G和H……某種程度上，它詮釋了我婆婆的人生。很長一段時間，她在醫院做看護，把生命的意義，過得像生產線上的工人重複處理的零件，換取你的爺爺、姑姑和父親一家溫飽，孩子順利長成為無害社會人群的好人。

若婆婆是一把火，小姑就是靜水深流，表面無波，講話做人都先自覺思慮過。若真有什麼落葉飛花自深底浮出水面，通常都是只見結果了，就連終身大事也循此模式。把男友介紹給家人前，他們已交往半年；宣布喜訊的隔週，一家人就到法院證婚；可喜的是，妹夫是個值得託付的好青年，小姑果然有識人之明。

她像貓，一路潛行且不忘抹去途經的氣味和痕跡，貫徹某種親情之愛的最高級形式——不給親人帶來無謂的麻煩和擔憂。

我常看著她們，想像若你是妳，我們的故事將活成哪個版本？是女兒全然複製母親的模樣重新活過一次？抑或某種無法逆料的覺醒，會撕裂母女的親密無間，取出一個客觀的疏離，女兒將扮演園丁，把母株的遺傳按照自己的審美，修剪成新的模樣？

在有能力拿起剪刀前，女兒要有多麼堅定的決心，如十七年蟬蟄伏，在自我的暗室，以想像力重新將現實的缺憾矯正塑型，並一次次在心裡無聲發誓，「我絕對不要活得像母親的這樣那樣，但我仍然無條件愛她。」

下一次產檢，邀婆婆和小姑來跟你見面罷。這個家庭活動的提議，相信她們一定歡喜。

時記

「寶寶的頭臀長約十・八〜十一・六公分，體重約八十公克，手臂已長長到可以彎曲，將手指放進嘴裡吸吮，胎動的力道也更強，只是母親未必能感受得到。可以靠呼吸道及肺囊學習將羊水吸入或呼出，能夠靠自己的力量將吞嚥進肚子的羊水排出體外，腸道有能力製造排泄物，就是所謂的『胎便』。」

仍定時查閱孕時注意事項，回身返視吃飯睡眠呼吸心情，傾聽時間如失眠者等待夜歸之人，即是想在只有一次不能重來的旅程，不留下後悔。

《黃昏清兵衛》。藤澤周平原作，山田洋次導演，真田廣之、宮澤理惠主演。身懷高強劍術的下級武士，受困於因妻子早逝須一肩扛起的家庭責任，且因從不參加同事下班後的社交活動，被戲稱為「（一到）黃昏（就回家的）清兵衛」。然無論人被環境、階級和命運壓得多麼地低，生命中總有一次真正起飛發光的時候，要靠手中的那把劍，實踐作為武士的宿命。

一直記得，這部影片的說故事人，其實是片中當時仍是個純真懵懂小女孩的女兒。與我們自己的經歷比起來，她何其幸運，見證了父親以及（名義上精神上）母親突破萬難，走過時代，也走出他們自己的故事。

e. 夏日午後有光

十七週（6／8～6／14）

流水帳。依然常感覺昏睡，開始便祕了，且容易肚子餓，記憶力衰退，經常三心二意反反覆覆言不及義。有如戴著氧氣罩呼吸著與世隔絕的空氣，在另一種流動中載浮載沉。

起床盥洗。跟（肚子裡的）你說早安。上洗手間。喝水。煮開水。準備早餐或出門買早餐。出門要記得鎖門。排隊等點餐取餐。吃早餐。散步。開信箱取信和過濾廣告郵件。開門。盥洗，清潔口腔。開電視看一會兒晨間新聞。開電扇。閱讀。開電腦，回信，順便上一下臉書。記筆記。打電話溝通接案工作上須一再協調確認的事宜。關電腦。餵貓。把衣服分類丟進洗衣機。清理貓砂。洗前一日晚餐未洗的碗碟。煩惱午餐吃什麼（你父親在家的假日，則是兩人一塊煩惱）。跟你說話。關電扇。簡略皮膚保養。換裝。外出吃午餐。散步。進超商隨意地看看新進雜誌的當月主題，旅遊的、設計的、商業的、八卦的、過日子的。利用ATM繳卡費和水電瓦斯費。多走幾步路去圖書館借（還）書。讀報。去超市買水果。跟鄰居或房東還有房東的狗打招呼。開門。上洗手間。盥洗，清潔口腔。曬衣服。開電扇。找貓，餵貓吃藥。打電話回家問候父親的身體，或詢問母親下次農曆十五是不是需要幫忙準備供物祭拜祖先和土地公。挑選音樂CD並播放，或開廣播。打開電腦。上網隨意瀏覽幾個常去的網頁。進入婦嬰用品網路商場看看孕婦裝和哺乳衣的型款與價格。把電腦設置休眠狀態。稍微用吸塵器清潔地板。一面哼歌給你聽。收拾發票。繼續整理已經開始整理好幾星期的書籍和衣物，希望可以騰出放嬰兒床和嬰兒用品的空間，並概略規劃出入動線。把要捐出至回收箱不再穿的乾淨衣物打包。研讀懷孕教科書以及親職胎教建議書。設定鬧鈴，小睡片刻。按停鬧鈴，起床。上洗手間。再開電腦。整理自己的文稿和書稿。關電腦。摺衣服。折衣服。關電扇。（有時，每隔幾日下午須出門洽談工作的進度細節；或者至婦產科回診追蹤胎兒成長進度，每每疑惑，裝潢得金碧輝煌像汽車旅館的診所是怎麼回事？而號稱為權貴和大人物服務的私立醫院，建築卻如此老舊陰沉如威權時代的遺緒？）煩惱晚餐吃什麼

（跟你父親在電話兩端一起煩惱）。操作簡易的孕婦體操。等你父親到家，稍作問候交談，準備餐具，清理餐桌。吃晚餐。（飯後你父親洗碗，若他仍有工作則將餐具留至碗槽至隔天；有時則與他先約好出門外食。）略逛夜市或看二輪片（並消費飲料零食）。跟你說話。找店家借洗手間。等你父親機車加油。開門。餵貓。再清一次貓砂。開電扇。卸妝。更衣。洗澡。清理浴室牆壁和地板積水。（有時會開電視，看DVD或公視的影集戲劇節目，深夜的垃圾時光，而這週則是四年一度的世足賽，在不再黑暗的大陸南非開打。往後會隨著那一顆在綠色草地及小腿肌肉壯碩的頂尖運動員間滾動飛騰的球，哭哭笑笑、睡眠日夜顛倒了罷。）開電腦，把這一日的流水帳略作記錄整理。整理文稿和書稿。回信，上臉書隨意逛逛。關電腦。餵貓吃藥。跟你說晚安。清潔口腔。盥洗。簡略睡前皮膚保養。在床上稍作閱讀，或記筆記。鋪床，關燈，躺平。滿身疲累地很快睡著，或，滿懷心事地輾轉反側很久才睡著。

是我們把日子把時間過成了流水，或是原本我們就是在這日常流水上討生活的蜑戶人家？

總無法夢見還不認識的你。

雖然透過超音波照片可以從那些黑白線條交錯如皮影戲的圖案，約略猜測你的輪廓，鼻子也許不小，嘴唇翹翹的，眼睛如細細的線似乎總是閉著在睡覺。那是一張浮動未成形的草稿，有千千萬萬種的可能，尚未以意志和靈魂對應外物和生活經歷、刻畫出獨一無二的暗影浮凸，屬於自己的個性的面相。

十八週（6/15〜6/21）

過於豐富的母愛能夠在幻覺裡看見她未曾誕生的嬰孩並且看見他逐日長大。

——梭羅・古勃《未生者之愛》

坐在婦產科候診區的長椅，背後一牆之隔的落地玻璃窗外，城市精華幹道忙不迭吞吐下班人車的攝魂勢頭，暫時退後成無聲的默片。另一面，診間叫號的紅色閃燈不歇地跳動，門開門闔，每個家庭也許都相似，進去時對腹中新生命懷著虛幻如氣球般的期待和忐忑，出來總發現自己又朝現實降落了幾分。

夾在兩條浮動的時間帶縫隙，彷彿直視強光太久的目眩神移中，我驅動指尖匍匐摸索著下腹殘留起伏的、一種極微細尖銳物品戳穿身體深處的痛感。就在幾分鐘前，那裡有一根長約二十公分的細針探入保護你的子宮和羊膜，抽走約二十CC的羊水，欲破解你

讀者服務卡

您買的書是：________________________________

生日：　　年　　月　　日

學歷：□國中　□高中　□大專　□研究所（含以上）

職業：□學生　□軍警公教　□服務業

□工　□商　□大眾傳播

□SOHO族　□學生　□其他 ______________

購書方式：□門市 _____ 書店　□網路書店　□親友贈送　□其他 _____

購書原因：□題材吸引　□價格實在　□力挺作者　□設計新穎

□就愛印刻　□其他 ________________（可複選）

購買日期：________年________月________日

你從哪裡得知本書：□書店　□報紙　□雜誌　□網路　□親友介紹

□DM傳單　□廣播　□電視　□其他

你對本書的評價：（請填代號　1.非常滿意　2.滿意　3.普通　4.不滿意）

書名_____　內容_____　封面設計_____　版面設計_____

讀完本書後您覺得：

1.□非常喜歡　2.□喜歡　3.□普通　4.□不喜歡　5.□非常不喜歡

您對於本書建議：

感謝您的惠顧，為了提供更好的服務，請填妥各欄資料，將讀者服務卡直接寄或傳真本社，歡迎加入「印刻文學臉書粉絲專頁」：http://www.facebook.com/YinKeWenXue 和舒讀網（http://www.sudu.cc），我們將隨時提供最新的出版活動等相關訊息與購書優惠。

讀者服務專線：（02）2228-1626　讀者傳真專線：（02）2228-1598

舒讀網「碼」上看

廣　告　回　信
板橋郵局登記證
板橋廣字第83號
免　貼　郵　票

235-62

新北市中和區中正路800號13樓之3

印刻文學生活雜誌出版有限公司　收

讀者服務部

姓名：＿＿＿＿＿＿＿＿＿＿ 性別：□男　□女

郵遞區號：＿＿＿＿＿＿＿＿

地址：＿＿＿＿＿＿＿＿＿＿＿＿＿＿＿＿

電話：（日）＿＿＿＿＿＿＿＿（夜）＿＿＿＿＿＿＿＿

傳真：＿＿＿＿＿＿＿＿

e-mail：＿＿＿＿＿＿＿＿＿＿＿＿＿＿＿＿

的基因密碼，線索就藏在這一管清淺茶湯色的液體了。

醫院是另一個世界，有自己的溫濕光度、交通系統、符號語彙和運作規則。偶有須獨自行走的時候，我總是迷路，或許是那些幾乎一式一樣的門（但打開後各自通往諸臟器血管神經內分泌等各有奧義和變貌的房間），和永遠有那麼多人在等待的森冷長廊，混淆了行進的方向感、取消了時間流動的參考座標，彷彿走不出去了的幽閉恐懼油然而生，如影隨形。

電影《蝸牛食堂》有一場母女共浴的戲。母親從澡盆突然起身，驕傲地把保鮮多年一點也沒有疤痕的身體，展現在驚詫的女兒面前。只聽見聲音穿透水氣蒸騰、抽風機迴聲隆隆的密閉空間恍若來自未來的留言，說自己得了開刀也不能治療的絕症，身體能夠不遭切開地死去，這是至福。初老的女演員生得兩道濃峭似崖緣的眉型神似我母親。她和父親守著孩子皆已離巢的老家，每天像忠誠的士兵，在生活繁瑣重壓的長征中勤於操練養生，互相扶持信念堅決並且約定，有狀況絕不去醫院，害怕極了將完整的自己交出去，卻任陌生的術語、數字、器材和終究徒勞的安慰，牽扯衰老身軀如懸絲傀儡直到四分五裂，再拼不回來了。

產程的十次檢查裡，三十五歲以上的高齡產婦須額外做羊膜穿刺。執行手術的醫生神采奕奕看起來比實際年齡年輕許多，一邊操作儀器一邊隨興說些笑話鬆緩氣氛，和護士們對口相聲多年搭檔般來往詢答，宛如劇院裡的定目劇，日日重複上演，布景多年沿用、橋段有其傳統、音樂編制固定、對手演員皆默契老練，反而益發凸顯：新來乍到躺臥於此的我仍僅是過客的現實，甚至連這樣短暫的經過都須戰戰兢兢拿捏配合與疏離的心情。

喔不，是我們，抱歉笨拙如我仍在學習調頻，我和你，以母子或母女之名相連，一體雙身。

也許你可以本能地察覺畏懼？每回「見面」，我總擔心是否超音波會擾亂你宛如鯨豚、夜蝠或蜜蜂般內在導航系統的和諧運作，或僅僅是一次短暫淺眠的驚動，何況這次是具體上的侵入了。

想起日本的一則傳說〈黃鶯之居〉，一荷著斧頭的樵夫在山林中受託，暫時照看偶然闖入的一座金碧輝煌的豪宅，卻止不住好奇，違背約定一一打開禁忌的房間，還摔破了三顆蛋，讓蛋裡小鳥飛失了，女主人回來發現後心碎哭泣，說，你殺了我的三個女兒，轉身化為黃鶯遠去，華美幻景也隨之一筆勾銷，回歸空無一物的荒地現實。

難道「母親」的身分太容易讓人陷入迴路封閉的感傷嗎？

刺探。超音波探針在隆起如小丘的肚皮上滑移，醫生開啟你所在的房間，螢幕上浮現的二次元黑白夢境——真像才開始搭建鷹架、以大幅塑膠帆布覆蓋的建築基地，諱莫如深的數字和英文專有名詞的環伺下，我和你父親只能依稀辨別上方一團雲霧是胎盤，垂降的繩索是臍帶，你閉著雙眼正一手枕著頭另一手大拇指放在嘴中吸吮，大頭蜷伏於屈起的雙膝間，好放心天下無事的姿態。但這仍不是定稿後再無改易的藍圖，我們夫妻亦無從以各自的特徵作為參考座標，建構你的真實容貌（那真是對面見著了才會知道的抵達之謎）。唯其如此，也僅能以不停想像的癡心，累聚對於你確實存在且順利茁長的信仰吧。

針來了。

原先綿軟包覆微冷空氣的笑語退潮，尖利的銳角裸露，針筒活塞緩緩吸抽，我勉力將注意力集中在螢幕，你處在安全的水域，離針頭頗遠，我在心中默念，「寶寶別頑皮，不要一時起心動念貪看從未有過的不速之客，沉入更深的睡眠，就當此行只是你夢中仰望天際那轉瞬即逝的浮光。」

深呼吸，一次兩次三次……壓力緩緩釋放。也許比〈黃鶯之居〉樵夫幸運的是，時間並未直接從夢醒快轉到廢墟，而是去到櫃檯結帳，低頭一字一句填寫回郵信封的地址，等待命運沿著飛擲而出的迴力鏢弧光，半空繞一圈回來告知，未來該怎麼走下去——

資料說，胎兒的二十三對染色體（形狀如多節蟲體）皆有可能產生缺陷、數目異常、結構排列歪斜，導致各種偏離正常的疾病。比如貓啼症，第五號染色體短臂部分缺失；柯林菲特氏症，多一條X染色體的男性，第二性徵發育差、無鬍鬚、體毛少，睪丸發育不全。而發生機率隨母親年齡增加的唐氏症，有百分之九十五是由於第二十一對染色體發生不分離現象。除了外表一眼就能看出的標準長相和緩慢的智力發展，唐寶寶們的心臟、肌肉、骨骼、甲狀腺、手指、聽力和視力都可能發生問題，幾乎終身須仰賴醫療體系和原生家庭、社福機構的支持。

最教人心碎的，是他們一生擁有的時間，注定比父母還短，生命代代相傳的期待徹底幻滅。

彷彿傳說情節被偷偷掉換改寫成，樵夫把蛋殼打碎後，放出三隻畸形、似鳥非鳥的怪物，既飛不走又不知該往何處去，更無從向誰去索討。醫學的解法則是將故事的刻度倒轉回更早——蛋打破前，就讓它消失從未存在過。

鄰座的中年男子突然問我這裡做不做墮胎？中氣十足的聲音頗引人側目。他說妻子已經連生四個女兒，每天鴨群爭食般拌嘴，再多一個實在受不住了（或許沒說出的潛台詞，是盼一個男丁傳宗接代的壓力）。

性別不符期待的、非婚生的、被強暴的、未成年偷嘗禁果的……即使五體完足，仍有那麼多的「條件」在篩選著生命的去或留。

不久前在散步途中，經過屋齡平均四十多年共約三、四百戶的國宅社區，原先制式的大門幾乎都已改裝，唯一的共通點是總關得嚴密。那時夕瀑雨乍停，空氣浮漾著行道樹展臂吐氣的鮮腥甜臊，其中一扇門無聲打開，魚貫走出一群患有智障、唐氏症、腦性麻痺等的大小孩子，在社工和特教老師的引導下，每個人都搭著前一人的肩或腰，搖搖擺擺，爛漫天真，眉眼略傾斜彼此竟有幾分神似。呱呱呱，不是母鴨帶小鴨，是疾病，將他們原屬於各自家族的遺傳特徵橫徵暴歛，集體變成了另一陌生國度之居民。

離開診所之際，正好是一天中的魔術時光，透明玻璃大門一開，外頭的悶熱和沙塵瞬即薄膜一般包覆全身，汗水泌出彷彿無數細針刺著毛孔。不遠處有工程在進行，幾個皮膚黝黑的工人在鷹架上，拿著尺規在作校正。恍恍我以為，不是大樓越蓋越高，而是這夾在中間的三線路陷落了，像女人高舉雙腿的陰道，而腦中迴盪著的，是前一刻偶然聽見一對治療不孕的夫婦悄聲嘆息，如金屬搔刮耳膜，「我們只不過想要一個自己的孩子啊……」

歧路。每回「見」你又增長幾公克、拉長幾公分，腰圍寬廣了多少，總是欣喜與惶恐交集。至於性別，我們沒有多想。但我總覺得應該是男孩。倒不是有什麼具體的家族基因依據，也沒有玄之又玄的受胎異象或奇獸託夢，彷彿只是散步途中來到一條岔路口，左邊或右邊的感覺而已。

醫生笑笑說，「是小女生喔，你們應該已經知道了吧？」

「不，我們並沒有啊。」

在那當下無預警地被告知妳的性別，關於另一個百分之五十的「你」的人生的可能性，也隨之消失，小男生竟就這麼退出了嗎？

男生和女生，各自擁有不同型態的人生。多半的男孩子從嬰孩時期就好動，潛意識或許從出生前就積累、儲存了遠較女孩子更多的家族期待，彷彿是父親的複製、備份（但這麼多年聞事閱人，雖說人們普遍存在這樣的觀念，但實際上男孩子與母親相似且親暱的例子，卻未必比較少）；女孩子好靜，那或許更是反映大人們期望在家裡、在內在的空間裡，留下（或製造，訓育）一個馴順的傾聽者、陪伴者，補償在外闖蕩浪遊時面對人心的莫測，和為了符合禮貌的世故所耗損的純真本性。

當無法確知孩子性別的頭幾個月，我們可以平行不悖地並存兩種截然不同的想像，還延伸至自己其實半點不了解的數十年後未來世界，直至妳老朽病弱成一布滿壞細胞、塞飽各種顏色功能小藥丸子、無尊嚴無喜樂無記憶更無活力的皮包骨，再度失去性別的意義。然後妳的虛構人生才自此往回倒推（我們甚至在能夠稍微參照別人的情況想像妳成為孩子的模樣之前，就迫不及待先想像妳的孩子，我們的孫子可能如何活蹦亂跳，在身邊繞圈奔跑，跌倒，爬起再繼續奔跑，跌倒的可愛景象）。

男生的你已經去過這世界許多地方，其中有些我們這輩子可能都無緣造訪，你帶回一金髮碧眼，或者虯髮鉛膚的異邦女子，說已在遠方見證了讓自己一生無悔的愛情；而女生的妳步上一對同志乾媽的後塵，跟另一個「某人之女」相約廝守終身，並且計畫性地每年要認養一個陌生但呱呱墜地後即孤苦伶仃的孩子，跟她們以姊弟姊妹或母子母女相稱，都隨她們意願，並且要我們也加入妳們……

時間再倒推回來一點，你和妳都還在求學，男生的你說想學法律，強調那是（常常以之作為攻擊武器的）父親的邏輯加上母親的毫無根據、理不直氣也要壯的正義感「混血」後的合理結果；認為法律的世界頌揚真理卻充滿虛偽的謊言，正好跟你父母熱中在閱讀與書寫裡對誘發謊言的動機、過程、結果好奇實則是對於真理的追慕傷悼，形成無窮盡對話與互補。

女生的妳，或許感應到母親流連於醫院產檢期間，特別對於存在的脆弱以及生命容器的複雜奧妙，累聚日漸彷徨的幽深感受，妳便因此投入醫學的學習與研究。

這個決定把妳父親和我嚇壞了：不只因為隱隱感受並焦慮於未來龐大學雜費的支出，

和妳屆時滿腦袋瓜都填塞父母不能理解其指稱的醫學專有名詞，甚至當我們在季節遞嬗之際不小心著了涼有點頭疼腦熱什麼的，就更無理由阻止妳義正詞嚴地在我們羞赧怕煩的耳朵邊絮絮叨叨；或許更是因為，我們自覺對於各種生命的理解與尊重，向來都有些漫不經心，初生之犢如妳怎麼居然有此膽量，像盜火者般敢於挑釁甚至征服這攸關人命甚至更多人的生活，以及從來妳的父母僅膚淺地感覺畏怯的龐大精密複雜（且仍持續推翻、複寫自己）的深邃知識體系？

但妳說妳知道，妳的父母更壓抑地痛恨，對於自己以及我們認識、或僅僅知曉其存在的，任何生命、身體的傷害與衰敗，那種無知與無能為力感覺的莫名抱憾。

想到這裡，又不免感傷，這兩個都如此貼心有志氣的好孩子，從今往後只能存在一個了。

為什麼是這個我？為什麼是這個世界？

時記

「預先知道寶寶性別的好處，可以預先準備命名、衣物和玩具、房間擺設，讓他／她的形象在想像中變得更具體鮮明。然若想等待驚喜，直到分娩那天才揭曉，以充分享受期待的喜悅，記得先告知醫生保留不說。」

上述二選一似乎皆不是預期中的揭曉方式。朋友說，當年她懷孕時沒有超音波，被業界視為權威的婦產科醫生發下「神」諭，應該是個女孩。於是和先生攜手，打造了一個夢幻粉紅色的環境迎接新生，故事發展想當然耳的戲劇轉折，生下來的是男孩。

說到底，一個剛臨世的嬰孩，就如白紙一張，性別還是父母自己生出的迷障。

十九週（6／22∫6／28）

夏日午後，也有恍如無事發生的靜置時分。前夜被暗夜冷卻的水泥房，經過一個早晨，又吸回至少一半的熱，剛剛好過了感覺舒適的臨界。探頭望向窗外，街道的柏油路則已開始蒸騰了。路面靜悄悄地無人行走，也不見經常來去的私家車、機車，樹葉因無風而靜默，蟬聲和蟲鳴都隱匿。

夏日午後，原本明亮的天光迅速蒙上一層灰，整個低落了，沉重、下降，大樹垂下頭，任逐漸猖狂的風戲耍軟弱的細小樹枝和葉片，暴雨將至，蟲兒蟬兒也封口噤聲不知躲到哪裡避風頭去了。

夏日午後有光。穿過鳳凰木或欖仁樹枝葉縫隙如串錢如流蘇般灑下，迷人眼目，也像對前路踟躕卻感覺到溫婉洋溢的幸福。夏日午後有影，藏在小巷裡瞌睡著的腳踏車，在小凳上打著涼風的老人手裡藤扇背面，也在終年無日照客廳壁面投映在門邊穿衣鏡彷彿已靜止多日的舊鐘，在時時刻刻的我與妳，母親與女兒之間。夏日午後時而有風，送來城郊疏林間的蟬唱，拂過行路人頸側靜靜地、輕緩地滑下肌膚的汗滴，也拂過自少女時代以來一年難得穿幾次，自今往後到孩子出生前，無可逃幾乎日日得著用的蓬鬆連身裝的裙襬。夏日午後時陰時晴時而毛毛雨，一無差別無冷落無厚待地落在母親和孩子，失去孩子的母親，失去母親的孩子，獲得孩子的母親，以及重新獲得母親的孩子身上和腳邊。

夏日午後的暴雨前後，萬物或醒或眠，或走或留，或避或迎，各自千般萬種認命不認命的戲劇，幽微地啟幕落幕。夏日午後的短暫彩虹，在無從捕捉把握的天際中，平添一抹同樣難以捕捉把握的絢色虛影，如夢境再生出夢，如從未曾是的母親生出從未曾是的嬰孩……

夏日的午後，我的記憶失物招領處，有如無人咖啡館的自動門叮咚一聲開啟，在世界轟然一聲開始運轉之前，一個人的靜美時光。

二十週（6/29～7/5）

意識心靈的產生，是由於有機體和某個被知對象之間建立了關係。……意識心靈的所有紋理，都是用同一塊布創造出來的，亦即：由大腦繪製地圖的能力所產生出來的影像。

——安東尼歐・達馬西歐

某些事發生太快，因而事後需加倍灌注時光，和泌出柏油般的黑色情感，慢速在記憶格放，許多當時忽略的細節才會逐漸顯影，然再如何追想亦無法重現的空虛感也如鬼影糾纏。

有一條路，我們重複來去跋涉，夢遊般，出城進城，從山區到繁華的眾落點，夾道街景從山區的雜樹林，到市區邊緣四十多年未改建的四、五層樓無電梯公寓，再進入以日式平房和異國美食聞名的街廓（老宅逐漸消失被刻意低調而顯得有些做作的豪宅取代），每走過一次就鏤刻一條時間之痕。很多時候，我們的目的是帶生病的動物家人去求醫。老貓的病勢撲朔迷離，時好時壞的慢性病，很多器官因衰老而錯亂，才稍覺有進步卻可能一下倒退回原點或更差。

總覺得不斷在重複夢著昨日。

一輛黑色賓士車（另一種社會階級的象徵？某個原不會相交的平行世界）像從地底陰影的裂隙或命運的深海突然浮現，自後方追上我們，然後，一切便天旋地轉。

在大概只有一、兩秒的離地時分、生命的劇烈晃搖中，恍惚看見我們繼續騎著車，像無數次的過去抵達獸醫院，鮮血滴滴答答灑在馬路上的沙礫不停（它們一顆顆質感粗糙形狀千瘡百孔被無數的車輛輾壓過而我竟能看得如此清楚分明）。有人扶著我的手站起來走到路邊，陣陣灼熱從左手手肘、左肩、左腳膝蓋傳來。

消防局救護隊的緊急處置，員警到場，妳父親掙扎起身把翻覆的車停好，鮮血從馬路中間滴到路邊，我們帶著貓兒（因受驚而停止每次出門必定搭配的一路哭叫）坐上救護車，下車，乘輪椅進入急診室掛號，醫生問診，傷口重新清洗消毒包紮，肇事者匆匆送來一打雞精慰問，並撥手機給朋友說，怎麼辦她撞到人了！員警姍姍來遲作筆錄，我們艱難地回憶過程，像正午強光曝曬中要尋找自己的影子。我重新躺上擔架再度被送進救護車轉院到城市極東的新院區，下高速公路交流道時救護車與另一輛搶道的車發生擦撞，荒謬地，將我們一家留在車上，彼此在路肩激動地相互指責，救護車再度開動將我送入另一急診室掛號，看護推著我同妳父親和貓在迷宮般的簇新大樓樓層左彎右拐，到最後進入產科躺上了超音波室的床（等待中，老貓像久久眩暈後踩到了實地，終於喵喵叫出聲，好讓我們放心）。這種種的周折只為了尋求一個答案，妳呢？有沒有事？

書上說：「到了二十週，孕期過了一半，胎兒的發展已一應俱全，具有人形也咸信具有心靈……因而二十週前失去寶寶，稱為流產，二十週後則稱為早產。」

若有，我和妳父親之間大概會整個垮掉了，我們將活在廢墟中，內在的傷口很久不會痊癒，就算表面復原了，傷疤也會在親密關係中如沙礫般永遠摩擦著，懲罰我們，後悔為什麼不聽產科醫生的建議還讓孕婦坐機車。

還好命運並沒有認真，只是嘲諷式地輕輕撥弄兩下讓我們原地旋轉眩暈。

六月二十七日凌晨，詩人商禽過世了。報紙二十九日披露消息，他的大女兒說，父親晚年談話常常將現實與回憶混淆，詩人「比現實更現實」的本色至死不渝。

當下有所不知，我們的噩夢才要開始。

七月酷暑，因為有孕、甲狀腺活躍特別怕熱，加上車禍後遺症到隔天晚上開始作用，全身關節皆脹痛，傷口如火炙燒，想翻個身都辦不到。終於，我放聲大哭，咒罵，自責，情緒如潰堤。

全程陪同我們經歷的妳，感受到了什麼？

時記

「第三次產檢。儘量讓家人如家中的大孩子、丈夫有機會共同參與和分享懷孕的過程。例如陪伴產檢、一起準備寶寶的衣物用品，鼓勵他們和腹中的寶寶對話，感受對新生命的關懷和責任，都有助於寶寶誕生後更順利地加入家庭生活。」

當時讀來，像是一則報紙社論版即時反映現實的諷刺漫畫。車禍和其後續的療創、求償，反倒像是別無選擇的另類「家庭活動」。在那些已然降臨且勢必延續的生理上的痛楚，和接著因和解遲遲霧裡撲朔的空懸所給予的心理折磨、負氣，黑暗的情緒腐蝕我們原有生活的平靜，是我們該擔心，這些「不速之客」是否會在孩子的心靈初初抽長生芽的新嫩脆弱時分，便別無抵擋地留下一道缺口、一點乾焦壞去的孔洞、一段葉脈枯萎的死路，長成一個生下來就帶傷的怪物？

他者之夢・05

《魔境夢遊》。提姆・波頓導演，強尼・戴普、海倫娜・寶漢卡特主演。以童話《愛麗絲夢遊奇境》為文本重新翻拍成電影。小女孩掉進兔子洞，開始一段意外的奇幻之旅。她遇見了總是在趕時間的兔子、世故的隱形貓、抽著菸睡眼惺忪的智蟲、反抗紅心皇后暴政的帽子劍客等，並幫忙好心的白女王奪回政權。

愛麗絲忽大忽小忽瘦忽胖的身體，彷彿是一個象徵，現實中一個女子一生身心最劇烈的變化，非懷孕莫屬，所有的感官、飲食習慣、作息，甚至心靈的所思所想，皆是橋梁，左右著小生命與世界第一次接觸的美好與否。誠如電影裡的智蟲所說：「智慧是因變化而來，且必定伴隨著痛苦。」懷孕即是長智慧，若開始容易遺忘、昏沉嗜睡（但又無夢）、慵懶、自生活的節奏拖拍，那必定是因為身體正在專注自己內在的小宇宙。

《愛麗絲夢遊奇境》原本就是父親捎情書般寫給女兒，或者，為自己心裡永遠珍惜寶愛的女兒所寫的故事。這讓人不得不聯想起，像《小婦人》這類女孩兒們的深情思念維繫了一家人的關係（更是在精神上拯救、支持了幾乎不在場的父親）；中國在漢代也有緹縈救父的孝親美談不是？女兒之於父親，當她們被說書人放到故事的編織中，幾無例外都進行著一場場闖入各種凶險場域或者急迫危機的冒險，《神隱少女》中的小女孩，父母親都被某種超現實的力量變成豬，她必須不能忘記自己是誰（姓與名，與父親的血緣和社會聯繫），相信自己的本心，才能突破層層試煉將一家人帶回現實。

小小而柔弱的身軀，承載著巨大堅毅的能量，這不成比例的戲劇衝突，恐怕反映的，是全天下父母心裡對女兒最深的期待和愛憐。

f. 共程之夢

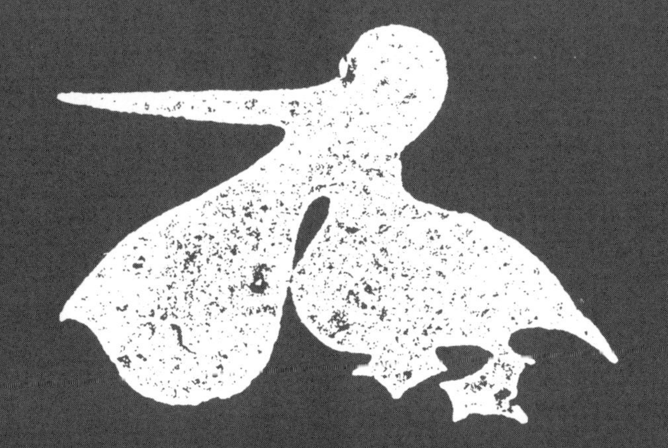

二十一週（7／6～7／12）

共程之夢。因為從家到外科診所每日如折返跑般換藥，在至少半小時的車程，與陌生的司機一室共處，我們會試著與對方交談，有一搭沒一搭地交換著彼此的人生碎片。

有些「運將」熱中攀談，從生育話題延展至社會現狀、經濟成長趨勢乃至國家政策；有些以先知般語氣告誡：孩子將來會變成多麼疏離的遊魂或是殘虐的魔鬼；有些則欲言又止，彷彿在記憶庫裡搜尋不到，當年他跟妻子如我們這時期坐困在別人的計程車上，指認不出窗外飛逝風景的名字，也充滿忐忑，無法應答前座駕車者漫興引導的任何話頭。

近一個月下來，前前後後加起來搭乘超過五十趟以上的計程車次，也算對運輸業的經濟流通作出貢獻，於我們則是五十回以上的「意外的旅程」。

（最大的意外乘客，還是妳。我們永遠無法百分百地設定旅程的路線細節，永遠得更新導航訊息，並且時時新增問路的對象。）

好賭卻無法禁斷的司機。稀罕地姓「姬」祖先竟可追溯到周代諸侯國的司機。兼好幾份副業的司機。在儀表板上供奉著滿天神佛並一再重申「人，就是要有信（仰）」這件事，但卻不時夾帶被人欺騙得極慘經歷的司機。不只一次戲稱要幫兒子預訂媳婦此刻正好指腹為婚的司機。單親媽媽司機用每天吃便當搜集來的橡皮筋作為萬能工具，固定車上的電扇、後照鏡、原子筆、記事板、收據，還有她編織得一絲不亂的辮子髮型、眼鏡鏡架……

車內時而靜止時而微微晃動，我們和司機不僅共用同一身體的節奏和律動，更像是一個個展示在厚重透明玻璃罐懸浮液體中的人生如夢（或夢如人生）的切片大觀。電影《落日殺神》，湯姆‧克魯斯飾演的殺手，搭乘司機吉米‧福克斯駕駛的計程車，原本無關的兩人，在一場大規模的殺人行動中，為躲避警方和聯邦調查局探員的追捕，他們的命運竟意外緊密相連，必須靠彼此才有存活的可能。

雖說人們多半在「臨時而迫切的情況」下才搭乘計程車，但潛藏的真正動機，說不定是對於「臨時而迫切的情況」懷抱著自己都不明所以的鄉愁？換個角度想，計程車司機或許是城市人最即時的行動支持者，像是一個成員皆使用無數見過即忘名字的祕密組織，又像是某種象徵、人際關係擬人化之後的千千萬萬忍者影分身。大概只有米高・基頓所飾演的劇作家在《對決時刻》中的紐約，才會對萍水相逢全憑偶然與巧合搭上的計程車司機，一一留意其名姓並準確猜出對方的種族、出生背景，而在面臨家庭、事業甚至支持的棒球隊的重大瓶頸時，劇作家總在計程車上，要不就在路邊招呼示意準備上車。

為了申報保險，日後在整理收據，注視司機們的名姓，有英文有中文，Robert、Cindy、福堅、大光、啟新……他們的父母在命名時，是否期待過自己兒女未來會成為什麼樣的人？做什麼工作？擁有什麼樣的夢想？有一天當妳離開我們在外行走，又會遇見什麼名字的人，為妳的命運如天橋或地下道般接駁一段呢？

就在這來來回回由一個個奇豔陌生的夢境所串連的計程之路，我們不知不覺抵達此行終點，傷口表面已癒合，剩下的只能交由時間療養；而身體負載著孩子的里程，才剛剛翻過了一半。

說不定你是冥冥中無以名之的張力，凝聚成一個孩子的形貌，
以此激勵我們想起創造本質的純粹和天然。

時　記

「對於平時忙碌的母親，懷孕是享受優質生活的好時機。

儘早培養規律運動（如散步）的習慣，有助於體態維持和順利分娩；並多補充含有鐵質的食物，像是豬肝、瘦肉、蛋黃、蘆筍、燕麥等；適量喝水，可預防便祕和尿路感染。

學習去聆聽大自然或自己內心的聲音。懷孕也可能讓母親回想童年記憶，再次思考家庭、父母親對自己的教養方式如何影響日後的人生；或許這個從母親出發的新視角，是一個加深與父母、公婆相處互動的契機，並想想自己要當個什麼樣的母親，希望孩子有什麼樣的童年。」

不能讓必定會復原的一時傷害，打亂自己原有的節奏。蟬聲陣陣如雨落，惹人煩悶。

二十二週（7/13～7/19）

來到醫院終年不見天日的地下室，僅憑著指標而行，懷著忐忑心情推開一扇門。大約兩坪左右大的密室，無窗戶，無人，金屬質感的大型機器，醫療床。牆上貼滿各種以三D超音波（主要看寶寶的外觀是否有缺陷）拍攝的照片，那些無例外以黑色為底色，皮膚被顯影劑染成澄澄金黃、恍如科幻片中液態金屬人的陌生嬰孩圖像，獨眼的，沒有鼻子，腦塌陷一半，兔唇，十根手指像兩棲類以薄薄皮膜連在一起，或缺損手掌，沒有腳踝關節……這些或許是造物者一時打了個盹、準頭和力道偏斜的創造品，本應藏匿在母親身體深處的密室，到出生時才能揭曉的謎底，科技卻帶我們踰越、窺視生與死的禁忌界線。

想起小時候看科學雜誌裡由天文望遠鏡或衛星拍攝的高傳真星球特寫照片，那對比黑暗中一顆顆發出橘色、紅色、藍色、靛紫色的球體，表面如紋身般呈現如此不規則的理路，那可能是旋風般橫掃的氣流、高溫核爆的煙塵、是終年寒冰毒氣橫流無生物可踏入的絕對禁地。面對這遠超過感官框架幅度且遙遠到根本一輩子無從企及的巨大奇景，我的小小身體總不自覺顫抖，心跳加速。

和善親切的檢驗師身材異常嬌小，有年紀的女性，令人聯想奇幻史詩小說《魔戒》中生活於地底的矮人族，極擅長與不是一眼可以看穿的層層地脈對話、深掘、聚積，每日至少十小時，記錄產婦的腹中小宇宙無數。

高層次超音波是一個專業艱深的世界，目的是給寶寶和母親的一個最後機會，若發現異常，還能介入小生命的去留。我和妳的身體內部心肺腸胃肝膽血管大腦小腦瓣膜骨骼神經……被儀器轉譯成一個個異國語言的專有名詞、數字大小，如抽象畫的黑白線條，雖然想要努力跟上解說，卻很快便分心了，催眠般看著螢幕彷彿是別人的故事，正在展演的是密室脫逃遊戲，從櫥櫃、花瓶、電視機後面，甚至拖鞋裡、地毯下面、魚缸底部的裝置中，一個個找齊可供破關的小物件。

但仍有一些發光的時刻看到後便很久不會忘記。

比如那每一塊都精工雕琢排列弧度如此完美的脊椎骨；比如那拳拳緊握的滾圓手掌上突出的一根大拇指，正放在小小的口腔中吮吸；比如那左彎右拐如舊時城寨小巷迂迴的心房心室血管瓣膜……

直到她提醒我記住一個名詞，我才恍如夢醒，「心室中膈缺損」，英文縮寫VSD，妳的左心室和右心室間照出有約〇・五公分的「溝通」，簡言之，妳的心臟破了一個小洞。那到底是什麼意思呢？（我的孕期至此開始遭遇逆阻？）會產生什麼症狀？有什麼具體的影響？我當下完全無法理解。

資料說：

VSD（Ventricular septal defect），列為心臟病之一，當然中膈缺損還有分為心室中膈缺損、心房中膈缺損等等。生出患有先天性心室中膈缺損的兒童大約是千分之一，現在尚有很多先天性疾病的產生原因還未研究出來，病因還要等待未來醫學的研究結果，有的先天性疾病會在人體成長過程中漸漸自癒，但生長期過後可能要靠服藥控制病情或開刀治療，例如心室中膈缺損就是如此，通常患有此病的小孩在年幼時就會進行心臟縫合手術，或者等待發育期過後得知心臟破洞未自己癒合而才進行心臟縫合手術。

另查到一相關的名詞是「卵圓孔未閉合」：

> 卵圓孔為左右心房之間的通道，在胎兒時期因肺臟不需擴張換氧，故全身回心血約百分之七十血流回到右心房，經卵圓孔開放處流到左心房，以提供全身動脈血及臍動脈血。出生後卵圓孔多於六個月內自動關閉。若六個月後能仍無關閉即可稱為心房中膈缺損，此疾病發生率占先天性心臟病的百分之十。

是自己嚇自己嗎？

誰的人生？當然會想起大江光和他的父親，日本知名小說家大江健三郎（舅舅是電影導演伊丹十三）。大江光生下來即患嚴重的腦疾，影響語言能力，童年時光孤獨恍如身處黑暗房間，而後在音樂創作中找到出口。

這一路，從孩子出生那一刻始，父親將自己人生的動線硬生生地扯離原本的軌道，像登山救命索般將一家人的日常與未來都綁縛在一塊。

孩子的呼吸變成了自己的呼吸。孩子的目光變成了自己的目光。甚至他們（愈來愈習慣）虛構，渲染孩子的快樂、煩惱、執著、屈辱、傷害，全數承受、轉譯，成為自己的快樂、煩惱、執著、屈辱、傷害。

他們把人生劃分為二，「有了這孩子」之後的人生，以及之前的。那孩子又會是怎麼想的呢？無所不在的父母，到處不存在的我？

現下妳還沒準備好且害羞地想躲起來。那如同探測深海魚群也打擾牠們進食休憩的聲納波紋，嗡嗡嗡嗡地作響，彷彿提醒，妳是被收監在母親胎室內的囚犯，不僅無能脫逃，更有種種意志、價值觀、體系時時監視。妳只是還不知這無所不在的視線，還將持續到出生以後，直至選擇或被選擇離開這世上的途徑，無時或止。

我們總是擔心著，會不會成為幫凶？或是可以期待將來妳能擁有更強壯健康的心態，以及更多更好要求真相的能力和工具，讓種種不合情理的注視、要求或恐嚇，能夠因為妳「對於不願不求證而輕易相信、認同的事物，不會感到害怕」？

後來求教產檢醫師，他認為小孩的心臟太小，待出生後再追蹤也不遲。這算是妳第一個對我們隱藏的小祕密嗎？沒有想到，因為在病歷上留下這筆醫療紀錄，竟導致後續要投保相關保險時遭到拒絕。但這又已是幾週後的事了。

世足大賽德國對西班牙決賽，章魚哥保羅（可算是這一年媒體知名度最高的活體吉祥物了吧）不偏袒自己國家，預測西班牙奪冠果然如實。牠接受越洋預約嗎？

二十三週（7／20∫7／26）

有孕的女子，腹中懷藏著一個小生命時刻成長，時間倒退回古老的生物時鐘，緩慢而渴求安穩和溫暖，她為自己未來的新身分遲疑彷徨，想觀察這個習慣快節奏、現代性格鮮明的城市，對於孕婦和母親是否友善？能否從一些既有的符號或象徵找到支援母性的認同？

她走進捷運，時值下班尖峰時間，一位難求。車門打開，一群湧進車廂的群眾眼神張皇，想為自己找個可以歇腳的安身之處，動作快的運氣好的得以如願，將自己塞進一個塑膠座椅大的空間後，幾乎同樣迅速地閉目默默展示累聚一天千斤重的疲憊；而那些一時間找不到位置的，隨即黯然，挨挨擠擠地在陌生的身體間勉力維持一個微妙的安全距離，次次門開，便重複著幾個人歡喜幾個人惆悵的小小戲劇。相較於公車更直接地反映路況的直曲，捷運是穩定的，她其實站一站也還行，但仍往博愛座移動，這是有孕後的新動線，也漸漸習慣有人讓座或視而不見。能付出善意是會讓人變得好看的。這時刻她極同意，但不讓座的人也有，他們不見得是邪惡的人，但可能是極自我中心的人，或真的累壞了？就像天氣變化，春夏秋冬有晴也有雨。

她搭上公車前往位於與城市一橋之隔的新市鎮的診所換藥。時間已經近黃昏了，處處亮起了燈，各種來自廣告看板、招牌、高樓造景、汽機車等的燈具和光源，像是從不打算停止裂變增殖、違反自然法則的失控細胞，只有更多，不會變少。車行過橋，橋下是哺育萬物生命之母的河流，千姿百態的身軀（河道）被水泥高築的堤防圍堵，本應豐沛的乳汁（河水）被各式垃圾和人類活動的剩餘汙染，乾涸了的河床被侵占種菜、築屋或採砂，身形因此而瘦削了。

在建築於城市東南山坡的社區散步，放眼可見的「無名」雜樹林，實則隱藏著豐富層次的細節（每一株都有命名，姑婆芋、昭和草、刺桐、血桐、榕樹、黑板樹……），平日默默調節水土、供應新鮮空氣、維持物種多樣性的可能，像任勞任怨的全職母親操持家務一日如一生的生活寫照，卻總是視為理所當然而被忽略。（試想要維持一個家時時的整齊跟弄亂它哪一個比較容易呢？）一當樹林所依存的土地被開發成建案，即整片剷除，被各式仿城堡或歐風小鎮等人們安置舒適生活的住宅取代，直到哪天天降暴雨，曾失去的會再回返前來索討。

一棵種植在某戶人家庭院內的蓮霧樹，盛夏時分，結實累累的枝椏從圍牆探伸出街道，強旺的生命力令人讚歎，但熟透果實皆跌落在鋪了柏油、將土地整個封蓋的路面，被匆促無心的人與車輾踩爛碎，無從完成傳宗接代的天職，但它仍將一直遵從內在原始的生命法則，每年葉落、葉生、抽長、開花、結果、虛擲……

城市的女人作為人母、人女、誰的姊妹，走出家庭會做著什麼工作呢？

她看見她們在早餐店便當店餐廳的內外場洗碗清理廚餘和客人使用後的桌面、在捷運站清掃廁所和手扶梯、在百貨公司專櫃站立一整天服務顧客販賣衣服化妝品內衣櫥具、在診所醫院為人打針換藥、在幼稚園保育兒童、在高速公路收費站重複伸手收費找錢、在出版社逐字逐行校對和一本本編書、在公家機關處理數量永無止盡如同莫比斯環的固定表格……

她們似乎「總是在那裡」，彷彿從此地有聚落以來風景恆常如此。她們自己或許不曾意識到，或無從想像其他的可能，以母性特質延伸的工作形態，彷彿人生僅僅為了做好、抵達當下眼前的事情，已經耗損一整日、幾星期、幾個月泰半的精神體力，以及多少青春年少；她們為他人而活，為了成為維持他人生活順利運轉的零件而活，卻難得接受感激與回報。

女人身在城市卻彷彿又不在城市，她們活在自己的衣服裡。她記得讀高中時，學校總不時可見一個苗條高挑的身影，留長直髮及臀、著襯衫窄裙的年輕女子，有如辦公室職員，但實則她是校工，雙手總是提著兩個與服裝風格極不相襯的大水壺來去，女子的外表不甘被束縛。大學附近的商圈許多家店開開倒倒，竟都不約而同賣起了流行服飾，每回經過，見那麼多衣服項鍊鞋子包包，被舞台效果般的強光打亮，彷彿只要把光彩穿戴在身上，便可以暫時忘記、騙過自己身材、臉蛋和人生境遇、社會對待的不足？

這時，作為常被漫遊者、異鄉遊子們思念母親意象的城市，竟是那麼地令她感到窘迫而疲倦了。

時記

「母親可能感覺到子宮會有反覆性的收縮，這是身體自然地進行分娩前的運動，稱為『布雷希氏收縮』，可能在孕期第八、九個月時頻繁發生，可趁機練習在產前課程學習的放鬆運動，為之後真正的生產作準備。有研究指出，約百分之五十以上的準爸爸會受到太太懷孕的影響，出現體重增加、特別喜歡吃某種食物，及噁心等症狀，大多數並無大礙。」

幾種假動作的聯想。弄假成真需要以愛之名的無窮想像；以真為假，表面粉飾太平，裡子則有種不被了解的孤寂寒涼；真假不分，是耽溺，是自願將頭臉沉埋入水的故作姿態；真能夠假作真時真亦假，那是意義的永劫回歸，接近不可說了。

二十四週（7／27～8／2）

「西北雨，太陽西斜後所降的雨。經常於夏天午後傾盆而下，通常在一小時內便雨過天青，陽光重現。」字典如是定義。它又有個很美的名字，叫「夕瀑雨」。惡戲般的乍來即走，卻聲勢驚人彷彿要摧毀、奪取一切可見的存有，將世界還原成全部重新來過的初生模樣。

今年特別怕熱的驅迫，請房東裝上有紗網的鋁門，引進靠山陰的自然涼氣，加上電扇產生對流，總算如及時雨一解暑熱。這一年比一年暴烈的高溫，除天候異常和盆地地形外，人為因素的助長難辭其咎。城市人習慣將私領域嚴密圈圍，把不要的全隔絕在外圖一己舒適便利，冷氣就是一例。我們的窗外被鄰人的五台冷氣包圍，開不得，一入夜，壓縮機運轉吐納如轟隆雷鳴，整個社區高溫罩頂像發了熱病，然只要避開人居稠密之處，山林其實非常慷慨與人分享清涼。

我們不想妳習慣活在一人造完美環境，這樣的「恆定」代價高昂，不僅會失去對流變的敏感、參差對照的鑑賞和適應能力，因自利而忽略他者存在與痛苦之同等必要，這等於失去了世界，且不知道會在哪一天、什麼情況下，被激烈如暴雨般地全面索討，即使那不是妳一人之原罪。

妳父親出差四天三夜，第一次與女兒小別，但臨行前，因現在根本想不起來的細故吵了嘴。關於壞脾氣與天氣，就如同我們出生的月份，冬天與夏天，東北季風與西北雨，一個是連綿細針般、建立在理性與偏差對立辯證的冷和濕，滲透到生活無所不在的縫隙和細節；一個是來得快去得快，卻具有瞬間強大的破壞力，盛怒當下彷彿眼瞎耳聵，摧毀世界、拒絕一切彷彿末日。而雨過天晴後，我們會半戲謔半擔心地想像、猜測，陰柔窮屈，剛強易折，妳的脾氣到底會像誰（來得好）呢？

在這晴雨快速切換、崎嶇起伏的日子，米將的病依然沒有起色，一直躲在洗衣機後的角落不肯出來，也幾乎不進食。飼養關係的信賴累積至此幾乎歸零奉還，牠回到最原始的本能，躲起來自我療傷。像是行走到某處遇見的禁止進入標誌橫阻在前，不付諸解釋的強制靜默。

絕處中情急生智，以餵食膠囊藥物方式，強迫米將仰頭張大嘴吞食飼料，人與貓皆折磨，只希望能盡力挽留牠如雨往下傾落不止的體重。

困。像是出門忘了攜帶雨具，只得偏身在某老舊狹窄且違規亂停汽機車攤販的騎樓躲雨的狼狽，被迫與停滯共處，卻總不敢多往下想：米將撐得到這孩子出生嗎？——雖然不至於像動畫《獅子王》那樣置身萬獸來朝的列隊行伍中，給這孩子一個禮敬祝福；甚至豪壯地咒誓要以命守護小主人的生命與榮耀——我們僅僅稀微地盼望，至少能讓貓和孩子將對方生命的姿態留在眼中片刻，無所謂遺忘僅還原純真的凝視，見證生命的一種傳承路徑，信然有據之後才能告訴孩子這後來極衰弱也極堅強的神祕貓族生命，曾經陪伴她母親前半生最好的一段漫長時光。

外科診所的換藥旅程如意外的公路電影，終於在本週告一段落。

這段時間，彷彿每日的換藥變成日常的散步，只是去巷口的鄰近人家買個生活必需品或是串串門子什麼的。護士中也有一位已大腹便便，再幾星期就要待產去了，我也逐漸習慣自己的孕婦身分，並能自然跟其他孕婦交談。

這家位於中和市華中橋頭的外科診所，從前因為不同情況登門、有過數段求診或陪診經歷，例如婆婆的皮下良性腫瘤的切除，小姑先前擦撞車禍被削下一層腳背皮膚的後續整型處理，還有妳父親幾乎這幾年每年都會在夏天發生的骨折外傷，乃至於我自己在老家整修期間因逞強或漫不經心造成的掌緣駭人割裂傷口……正有幾分這樣的「家庭即工廠（診所）」印象，候診室布置得像是客廳，還真有一組五人座人造皮革大沙發，是身體會稍微陷進去的那種，常見醫生頭髮花白的父母穿著居家服坐著看電視吃飯，多半播放本土劇或者新聞頻道，電視音量不時傳進診間，醫生總趿著涼鞋啪噠啪噠地走來走去，護士們打扮得花枝招展，猶如故作悠閒在家裡隨意幫忙瑣碎勞動活計，實則正等著情郎來接……

在雨中等待換藥的時光，如坐困一小島一小城，這些島上城裡太習慣而毫不介意被打擾的原生居民，態度溫和但透著些許冷漠，或者知道臨時造訪者入侵者隨時且終究要走，如一場午後沒得商量的急雨；但他們不知，此刻在與玻璃門外面滔天潑灑著的街道之間，我們總浮升著無處可去的荒寂感覺。

離家好遠。

其實想對孩子訴說茫茫然不知所以的破碎念頭，卻擔心一開口就會掉淚出糗最後還是沒有說，才想了也就忘了。雨裡打在水泥地上不斷地冒生的漣漪隨即被其他的漣漪打碎，覆蓋。

遠方的遠方，一波波地傳來人與蟲與鳥獸受苦的消息。巴基斯坦的水患和隨之而來的糧荒和疾疫。俄羅斯十四個山林區大火。伊拉克無休無止的戰火。

同時發現，單一外科診所在台北市內意外地少，可能不超過五家；但在台北以外縣市卻很多，這或許跟產業結構和勞動階層分布的狀況緊密相關？

妳父親說，這幾年最徹底的落湯雞體驗，正是某天下午從鄰近不遠處的辦公室來此換藥的途中。就算及時穿上了雨衣，但還是阻不住雨水從各種無法遮擋的縫隙奔竄進身體的各個角落，聚成水窪，盈滿後再自其他的孔罅溢出，穿透皮膚的冰涼感覺一波接一波襲來，直到感覺麻木。

也許這是我們之於這股蠻暴不可控制的力量，最直接領受的時刻。

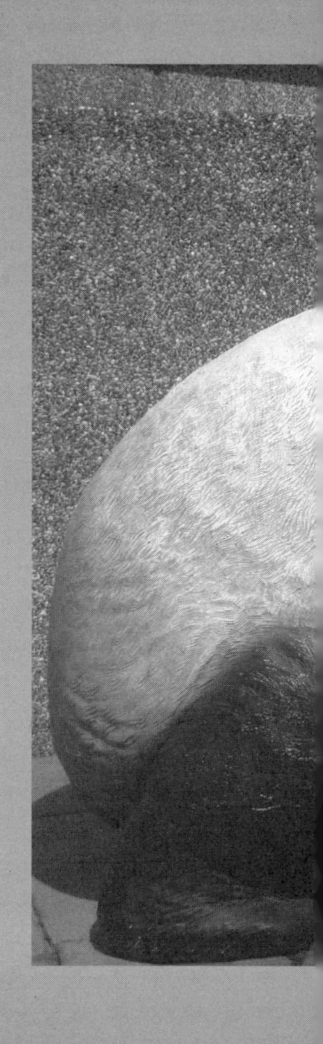

留在車上的我，像是在那解體分裂的瞬間猛然省察，不是我作著搖搖晃晃地移動著的鐵道旅行之夢，而其實是那鐵道，那車廂，正夢著我。

蘇偉貞著，《租書店的女兒》。

「偶爾回家小住的日子，萬籟闃寂，父女倆各捧一本書，分據一角，熒熒光池下，父親讀書是記憶中永遠的經典畫面，比一切我所知道奮發向上的故事更讓人感動。我則努力發揮鴕鳥精神，光埋住頭嫌不夠，有時候根本全身趴在『老豆（廣式發音）有書陪伴』的沉沙裡完全不肯面對現實，邊還阿Q式鼓舞自己將來要如此老。」

租書店之於我們，說不定比圖書館、書店、自助餐、便利商店、超級市場等日常生活場景還要頻繁造訪（也許僅次於早餐店），即便在有孕時期也不缺席。打從大字還不識幾個的幼童時期，就跟著兩個哥哥們在此處消磨，有如後花園，妳父親小時候也是，幾乎所有的常識、歷史、天文地理、幻想、對各行各業的認知、美食、經營、生活品味等，都經由漫畫啟蒙。

我們在其中拓展想像力海洋的航路（沒有《航海王》故事裡的那麼多不可思議的戰鬥和隨時丟掉小命的風險），驚訝於經驗匱乏如我們幾乎永遠不可能遇見的人生層層疊疊暗影風景，以及各種專業技藝領域祕密燃燒的激昂熱情。

那裡面也有許多是我們得以從現實中暫時喘息、遁脫的「垃圾時光」——可能的話，真不希望是自己教給妳這種時間以及精神狀態的慵懶消極。

不過耽溺於圖畫的代價，或許就是常常拙於以流暢的話語訴說一個完整不輕易岔題的故事。圖畫構築的世界充滿可以隨意選取詮釋的細節，漫畫雖然有作者刻意安排的讀取順序，但本質上還是一種可能任意跳躍進出的靜態戲劇。

我永遠不會直接告訴妳，為什麼魯夫和他的海賊團要去尋找One Piece？想要成為海賊王到底是夢想還是虛榮？漩渦鳴人和宇智波佐助到底為什麼吵架？鳴人身體裡有那麼巨大的能量也讓他有個備受冷落排擠的童年，是怎麼回事？千秋為什麼不可能脫離野田妹的純真五指山？甚至更遙遠而近於誰都遺忘的，星矢的「小宇宙」為什麼能瞬間提升至黃金聖鬥士都大驚失色的程度？阿丈在最後一場拳賽裡靈魂燃燒殆盡這能不能解釋……

更期待能聽到妳那稚嫩童音發出的一切發光般的問句。此刻我仍無法想像妳真實聲音的質地；目前也僅僅只有超音波掃描時透過喇叭擴大音訊倍率播放出來如蒸氣傳動火車的轟轟轟轟輪軌傾軋的心跳聲，每回聽見，那已夠令我們激動半日。

但也恐懼，妳其實可能對於這些吞噬、削去我們許多現實時光，彷彿中了《JoJo冒險野郎》裡的「替身」克里姆王的招數，像個傻瓜更像個孩童在當中漫遊的故事，會不感到絲毫興趣。僅能樂觀地假設，基因有其神奇的力量，不需言說指點，妳就能毫無困難進入我們的虛構遊樂園。

當然，也許到妳能夠獨力閱讀漫畫的那一天，極可能妳會擁有自己最鍾情癡狂的作品，我們大概多少會覺得滿落寞的吧。

就算是這樣，將來，我們還想要為妳寫一本「女兒的租書店」，既是向那位《租書店的女兒》的前輩作家致敬，也是作為妳身上一部分精神血緣來歷的交代，和對於一家三口或許勢必愈來愈難能可貴獲得的共聚一堂時刻之期待。

g. 養

二十五週（8／3～8／9）

一輩子至今最渴的時候，在一年氣溫居高不下的伏天中，感冒了。喉頭深處右側扁桃腺燒痛到耳根，彷彿樓上樓下鄰居同時進行室內大整修，一陣陣鑽洞、破壞隔間的機具震動聲響，從隔音甚差的薄牆交相夾攻。

二次世界大戰，日本廣島和長崎被投予暱稱為「小男孩」和「胖子」原子彈。那或許是歷史上最接近灼熱地獄的夏天，城市上空巨大的火球自蘑菇雲上噴出，烈火、熱線肆虐，奪走至少二十萬人以上的生命。隨後有大量的人死於核子塵埃放射汙染的癌症，懷孕的母親流產，部分初生嬰兒畸形。時間是八月六日和九日，我的生日僅早於一天，但晚了二十六年，劫難被時間差化為歷史的櫥窗。

這病，來勢洶洶，連年輕時苦戀的自毀快感都不及。

撐著出門去不遠的超市買了玉米和排骨回家熬湯。一大鍋，睡前趁熱呼嚕呼嚕一口氣喝下，不夠，隔天清晨再一鍋，果然澆熄了大半騷亂。這是妳外婆的偏方，說此前和妳外公回大陸的老家，身體一直硬朗的他突然發燒，一發如野火燎原，荒涼偏僻的農村，又持台胞證，不方便就醫，就是她在廚房土法煉這湯度過了危機。

當感冒才好些，接著而來的是「妊娠糖尿病」，或名「妊娠葡萄糖不耐症」。自恃家族沒有病史且從未肥胖過，糖尿病有如生活中從來不可能行走的路線、造訪的地點；然接受GTT（葡萄糖耐受測試）初檢，五十克泡一百CC的糖水一口氣喝下，一小時後抽血液檢驗，血糖值竟然高達一百七十九毫克。再來的複檢就沒有那麼乾脆，前一天晚上十二點後開始禁食，隔天起早八點到醫院先空腹抽一次血，喝下一百克糖粉沖泡更濃稠的糖漿，再每隔一小時抽一次，全程費時三小時，且禁食禁水。

張愛玲在未完成的〈異鄉記〉寫清晨搭火車，未亮的天光有如鋼盔，「這世界便如一個疲倦的小兵似的，在鋼盔底下盹著了。」

在這段置身孤島的時光，只有零星醫護人員、過於緊張提早前來掛號的幾位病患，和固定「上班」駐點的奶粉推銷員，像禁錮於水族箱內的魚群，拖著長長的夢的尾巴輕手輕腳浮游，老舊而總顯得光照不足的醫院，一反平日如熱門觀光景點的稠鬧，被一種極為稀有的、彷彿還未熟成的新酒的朦朧氛圍籠罩，介於醒與睡、現實與夢之間的相互對照，也恍如光逐漸滲透至影中的漸層灰階，時間的位移緩慢得接近停滯，什麼事也沒有發生，而只是一種預感。

醫院外，是城市中心極為高級的地段。林蔭大道內的小巷，平日絡繹不絕的高級進口轎車皆靜置於路邊，尚未將行人逼到水溝蓋；各式本來就低調的餐館、寵物店、精品服飾、托兒所美語班仍低眉斂目，只有便利商店熬過一個長長的夜，大張旗鼓地亮著密集的日光燈，像是要為疲累的店員撐起挺直的腰桿，確保每次門開時的「歡迎光臨」足夠響亮而突兀；深門大窗戶的住宅且無一例外的黑暗。街區仍在沉睡，這使它看起來意外地樸素無華，平凡得跟一般人的日常生活無異。

複檢的報告確認，一小時和兩小時後的血糖濃度沒有落入安全範圍。院方解釋，母親長時間處於高血糖狀態，除了擔心寶寶太大提高難產的風險，還會讓孩子的胃過早分泌過高的胰島素，造成機能受損，甚至胎死腹中。自此開始須定期讓代謝科醫生和營養師介入，作血糖追蹤和飲食控制（意謂更頻繁地往來醫院，自覺每一口吃進食物的熱量，和購入血糖機隨身攜帶、一天至少三次採血自我監測）。

離開醫院，突然下起音牆般的暴雨，人行道被雨水沖積成臨時小溪，衣服鞋襪髮絲皆濕透，卻越走越感覺口乾舌燥。

是否我們已太習慣這階段以來、隨波逐流聽憑上天安排的日子，以至於不夠警醒於某些細微卻至極重要的徵兆？產檢醫生同時發現，供妳優游安居的羊水，也明顯偏少，幾乎到危險的臨界值。我在此岸遠眺，眼前一片霧茫茫，焦急不已。

時記

「懷孕中期結束，進入後期，母親身心開始進入生產的準備狀態。子宮高度約在肚臍和胸骨末端中間，持續往上和腹部兩側增大、擴張。母親體重約增加六～八公斤。若GTT檢驗結果為陽性，也不必過分擔心（且近期臨床研究也開始質疑，就算孕婦事前篩檢出妊娠葡萄糖耐受不良，生下較大寶寶的比率也沒有因此下降，反而徒增孕程中不必要的心理負擔），只要遵循醫師的指導控制飲食、監控血糖變化，必要時以胰島素治療，一樣可以生下健康的寶寶。」

孕期所遭遇的「逆風」，如捉迷藏被活逮，或牌局抽到鬼牌，都有一些不可知的機率運作，彷彿一切算計早就完成，無需再多作追問。相較於懷孕中後期好發的疾病和不適，好比妊娠毒血症，妊娠糖尿病的威脅和危險性是比較溫和的，要管訓的是食欲。

二十六週（8/10～8/16）

最黑暗的一週。在無光的地底隧道行走，沒有可標示定位的座標，無法確定自己到底是前進了，還是原地打轉。

車禍的後續求償，由於聽聞太多肇事者事後不認帳的前例，懷著不踏實的心情試圖聯絡，但對方（果然？）從當天滿是歉意自責的口氣，轉而不承認完全錯在自己。

已預知的錯愕。落實的背叛？於是擬出第一封信：

「首先謝謝您以負責且充滿誠意的態度陪我們一塊面對這次意外。機車僅有一些表面擦痕，應該不需修理；但若您需要跟保險公司申報費用，有幫得上忙的部分，也請您不要客氣。」

先讓對方安心，我們有互相幫忙的誠意，但仍不免愈寫下去就憑空生出愈多忐忑：為什麼是受苦的人在做眼前這件事呢？

「有關車禍和解賠償的部分。先為您說明一些我們的基本情況：

這星期四會再去作產檢，進一步看看並且請教醫生，母體胎盤和胎兒的狀況是否有受到影響或輕微後遺症；另外可能是極微乎其微有關對於小孩子影響的部分——包括因母親傷口發炎的用藥（如服用抗生素）對胎兒的影響——我們也希望您可以陪我們持續關注到年底出生後，送走接下來這段過程的忐忑，迎接新生命誕生的喜悅。（是個小女生喔。因為是三十多歲的高齡產婦了，前些時候剛做過羊膜穿刺，是個基因血液檢查皆正常的孩子；因此這孩子對我們來說特別的珍貴；您是老師一定非常理解。）」

（偽）弱勢？裝可愛。但其中有些敘述用語確實稍嫌咄咄逼人了；或許是擔心被欺騙被欺負，要留意對方的心情，但氣勢上不能先自己示弱。

「另外，夫妻倆身上都有多處皮外傷。包含左手手肘，上下臂，手背與手掌部分；左膝，右膝；左腳腳背——少部分傷口較深，部分有發炎甚至蜂窩性組織炎現象；應是急診沒有處理好，骨頭僅左手肘與左腳踝軟骨部分受損，但可慢慢復健恢復。因此須在外傷傷癒期間（粗估一～二週）每日去外科診所換藥（每次掛號費二人共二百元，若有拿藥與施打蜂窩性組織炎抗生素則增加約二百～二百五十；木柵住處往返中和外科診所車資約四百五十～四百八十）；其餘則是因傷癒期間無法自行處理的清潔問題（例如洗頭；但洗澡就沒辦法了……）以及上班、產檢、帶小動物看診等受到影響的必要行程交通費用。」

措辭上，為了免除不必要的爭議，應儘量詳盡清楚；但跟錢有關的事情，我們也是後來才意識到，越清楚，也就越讓人感覺冷漠，每個細節皆戳刺著對方難以分辨是想逃避或者面對的部分。

「上述費用都會詳列單據，待傷癒後供您參考；另外私底下請教律師朋友，他建議向您請求精神、時間與生活受影響的賠償，但更多討論後顧慮到您自己也在過程中受到驚嚇與困擾；同時設身處地想，這也沒有計算標準，我們也非常願意聽聽您的意見和想法；第二階段則是視小孩子出生是否有（可明顯判定的）意外影響的後遺症而定。

但衷心希望不會有這部分，相信您也一樣啊。」

在妳還沒來到這世上前，妳不知道的我們正在練習，以妳之名，與這世界任何可能的惡意和傷害為敵。

「上述是初步評估，因此暫不考慮（一定會造成雙方更多耗神耗時的）民事或刑事程序為前提，就請您過目考慮，是否合於情理；也作為後續討論的基礎。有任何想法要溝通，也歡迎您隨時來信來電。唐突之處，也要請您多包涵。

另外還有個不情之請，這次意外雖是個機緣，認識您這樣的好人，您的諸多難處我們也都能理解，但因對您的資訊所知不多，以致在處理這次意外過程難免惴惴不安；因此有個提議，晚上我們會另信寄上我跟我太太的身分證影本，供您存參；因此也希望您撥冗提供您的身分證（數位照片寄來或影印郵寄都可，您可於上頭寫明『僅作為七月三日車禍意外和解之用』，應該不致有被移作他用的疑慮。收信地址會隨信附上），以此開誠布公，這樣對雙方後續溝通應該會更有幫助。

謝謝您撥冗讀信。也由衷祝盼您先生的病情能漸有起色，早日恢復健康！」

信末，留下妳父親的手機號碼以及工作的公司名稱。

把牌面亮出來。我們多少開始介意自己的心態，為什麼要這樣猜疑他人？這樣的念頭，會不會經由神祕的聯絡管道，讓妳誤會，或潛移默化妳未知性格中「防人之心不可無」而不是「己所不欲，勿施於人」的部分？

第二封信，在第一封信發出後數小時寄出。

「您好。謹寄上身分證資料，如您後續有資料寄來，需以郵寄方式寄送，地址是……供您存參，再請撥空讓我們也了解您的想法（不急）。謝謝您！」

第三封信，發於車禍後第五天。對方仍沒有回應，隱隱覺得事情不對頭了。

「您好，今天依原訂計畫去做了產檢，胎兒心音正常，也向醫生諮詢母親骨盆邊緣瘀青，以及目前抗發炎用藥應都無影響；想說也儘快讓您得知放心。前兩封的e-mail不知順利寄到了嗎？若都收到，也相煩您撥冗回個信喔。謝謝您！」

第四封信，約一個月後。其間雖以電話簡短聯絡，但具體的溝通如賠償、保險等事項則一直延宕，甚至連一次見面的約定都沒有。

這段期間，在工作之餘，還得匀出精神氣力來對抗心裡的魔鬼——不只一次遭被害妄想隱隱挑釁，或輕輕地擄攫，甚至開始憑著肇事者僅僅提供的稀少資料（其實僅只有筆跡潦草的姓名、電話以及電郵信箱），進行網路上的搜索，憑著猜測與連結，居然真的找到她工作的地點——孩子，我們幾乎變成跟蹤狂魔了。

「我們夫妻已陸續分別於上上週和上週結束所有外傷的換藥療程，目前除左手肘瘀傷部分尚未復原仍時時疼痛（但不再進行積極治療行為）外，已無大礙，但期間種種不便與不安，以及皮膚多處受損至今未癒傷疤，則需時間抹淡；現在正在整理結算醫療與交通及必要雜項等支出費用，以及工作上的請假損失，完成後會另信提出正式求償金額寄給您參考，也希望您見信後儘快聯繫，看您覺得是否須當面斡旋，何時何地較方便？以俾商定賠償方式與額度。在雙方達成共識前，我們也將保留法律上的追訴權。謝謝您！

又，還是願意再次強調，絕對諒解這次無心之過的意外；同時也極感念於您願意負責到底的誠意與勇氣。」

對方第一次回覆，僅表示請保險公司出面，也不認為車禍是她單方面的錯。甚至把妳父親的姓氏都寫錯。

隱隱感到預感成真的焦慮。隔日我們回覆：「謝謝您的祝福，關於您電話裡所說的原則我們能理解。比起合理求償，我們更在意真相和對等尊重的感覺。今天去交警大隊聯合服務中心，正式申請事故初步分析表，根據車禍當天員警現場搜證和筆錄，肇事原因判定為：『自用小客車XX-YYYY變換方向未注意右後方來車。』隨信附上目前整理出來的支出大項清單與求償金額，若有疑議，或保險公司無法處理並代您作決定，再請覆知，依交警大隊建議，我們會請求大安區公所調解委員會約期進行雙方的當面調解。謝謝您！」

離開交警大隊時，就近到附近的逸仙公園拍傷口照片存證。（當時還不知道，妳的出生日會跟這位歷史人物有一些數字上的關聯。）

再隔一日，對方回信（似乎被激怒了？）仍未提及見面的可能，並認為自己未受到對等的尊重。

誤會無可挽回地愈陷愈深了嗎？至此我們的火氣也被撩起，但還努力地維持社會動物的理性。

到這階段，妳似乎已經暫時離場、不再置身討論和被關注的範圍裡了。對方身為一個母親，難道不能稍微將心比心，設想萬一妳的人生因她的疏忽而一開始就歪斜了、受損了，怎麼可能心裡不會感到任何罪咎？而又怎麼可能善罷甘休？

當夜我們回信：

「您好。有一點想先跟您說的是，因為我們在這場車禍中，是受影響比較嚴重的一方，每天跑診所的勞累，和身體上的疼痛及心理負擔，家有病人的您應該體會更深刻，因此會比較期待來自您多一點主動的問候和關心。

但目前為止的互動，都是我們找您，且也不清楚您的保險員能處理到什麼程度，所以才先把金額和細項寄給您看，由您來決定是否要自己出面。因為我們工作都很忙，預產期也近了，所以也不希望協商要一來再來。

我們的生活被這場車禍的影響真的不小，不想要再被打擾了，我想您的心情也一樣，很希望您可以一起來，我們一次解決。

靜待您的回音。也誠摯祝福您的先生早日康復。」

對方回覆的口氣好些了，說明請保險員出面處理的原因，但仍然堅持車禍不是她單方面的責任，彷彿害怕，稍不謹慎便會被當成把柄需索無度。

如果立場對調，我們會不會也有相似的顧慮畏懼，甚至還更嚴重呢？我們的回信都煞費腦力。不僅要保持清醒的思緒邏輯，設想處理與調解程序，還要斟酌措詞，更須考慮對方的心情。沮喪之極。唉，車禍當天對方自己說是要負責到底的，但是如今卻無法回到那個時刻作任何求證。

「您好，收到您的信了。非常謝謝。

關於保險員的部分，還是希望您能通知他在下星期三以前任何時間，給個電話，再另外約個方便的時間了解；畢竟如您所說，不知道他們的程序會花多少時間。您是珍貴的承保客戶，保險員當然要以您的需求優先，請放心，國內知名且富信譽的保險業者都是這樣要求員工，絕不可能耽擱。這也是保障您的權益啊。

極同意不該多作主觀判定。目前是由員警比對雙方筆錄與跡證作出車禍原因分析。求償金額都是實報實銷，我們很願意先聽聽保險公司怎麼說，但也請您體諒我們因這場意外一個多月來付出的有形無形代價，絕對不止於此。謝謝您！」

之後對方便沒有再寫信來。僅是簡略地以電話交代，她的保險業務員已介入處理。爭取賠償從來不是真正的出口，我跟妳父親自認是善良的人，從不蓄意傷人因此別人必不來傷我。我們不能，也無從理解，確認的是，為什麼對方似乎可以馬上回到原來的生活，彷彿什麼事也沒發生過？

心中有另一個聲音，清清楚楚地說著，無論肇事者或受害者，其實都是在自己的生活迷宮尋找著出口的人哪。如同城市新興的大眾運輸轉運站與商場共構，有那麼多出口，那麼多路線的重疊和轉折，一不經心就很容易迷失。我們努力逃離，在每條走過走錯多繞的路上留下只有自己能懂的記號，只是也許這一次，雙方都沒有從最適切的閘門回到地面。

二十七週（8/17∫8/23）

時間像一陣短促的單音，亦常清楚地提示他，在島上，一種全面的修整，其實城鄉無別，遍地發生，於是在某種意義上，這讓他所來自的地方，越過他，接近與雷同於他目前所暫居的任何地方了。於是如他所知：一種純度最高，最酷冷，自閉而疏離的現代生活，人們只能在鄉下經歷。某種意義上，這的確也讓島對他而言，逐日攤平一切強力留挽的記憶皺摺，散成地貌並無差別的平野，或荒原了。

——童偉格〈終局〉

養。書上說，妳開始長聽覺了，可以放些輕柔的音樂，讓妳感受世界的善意，足以不畏不懼地安頓自己。

連那些彷彿與家具同化以致讓人錯覺她們不再出門的婆婆媽媽們，偶去拜訪或聯絡，也不忘提點幾句，有如這是母親之國度境內的必經景點。「也可以為妳朗讀，或唱唱歌喔。」她們說。「最好自己睡覺時固定聽某一首樂曲，等妳出生後，便可以此為催眠曲，省卻哄睡的苦勞。」

暗自揣想，這些話語背後的潛台詞，是否是一種對於在成年生活已失去立足之地的纖細情感的集體追憶呢？曾經我們都那麼地害怕又不自主被黑暗吸引、自覺渺小、孤獨無依、自我猶疑（也許現在還是，只是我們已習慣隱藏），所以渴望著一種強大卻柔和的穩定，如發燒時母親那隻探著額頭的冰涼的手。

在我們居住的城市，除了音樂，更多時候從四面八方而來的是各種不悅耳的、機械性的、自然不自然的聲音和訊息，無從拒絕不聽。妳的耳根理應也從不「清靜」，充斥我體內各種細碎的聲音交響和鳴——羊水的晃搖起伏，母親恆常的心跳聲，血液刷刷在血管內的流動，食物進入肚子裡消化的咕嚕，還有時不時音調與情緒高低起伏的笑聲、話語，如此熱鬧喧譁。而我也暗自有些擔心，讀書和寫作雖讓我精神常感富足，但現實收入不穩定的隱憂則沒有一刻放下，是否這長期的空懸和抑鬱，會漸次由精神滲透至生理，改變內裡器官運作的規律，讓總是聆聽著這些聲音的妳，感染了不安？

妳父親自小學開始和爺爺奶奶、爺爺同宗的哥哥（妳要叫他大爺爺了，他一輩子未婚，把弟弟的兩個孩子視如己出般地照顧）、姑姑居住的老家，現在正在進行整修，並不是全拆，僅僅是把覆蓋在客廳幾十年的生活痕跡抹去，再加上新的想像。

被移除的是兩個鑲嵌於牆壁的大面積玻璃展示櫃，和應風水之說隱藏天花板梁柱的層疊木作裝潢，此類做法普遍流行於八、九〇年代台北的中等家庭，亦是靠妳父親的大伯四處打零工賺錢，極盡儉苛而攢出的寶塔般的結晶。當家族記憶以生活照、孩子們的獎狀、旅遊紀念品、友朋來往餽贈的樣品酒、信件帳單及隨手暫放的雜物的形式累積厚度和灰塵，時間不言自明了工匠的偷工減料，陰暗缺乏日照的潮濕環境，則比人類更適合蟻居。櫥櫃終究不堪承重，歪斜坍塌，形同擱淺的沉船，已無法坐視它持續向下往荒涼探底。

現在那個家一起生活的兩個爺爺已經不在了，妳父親則往返零星支援。新的工班進駐，行軍一般地照表操課，拆除壞損的物件，重鋪地板，更換新的燈具，改變沙發、電視、餐桌的面向，整理線路，重新粉刷，抹平過去，討論，想像未來，添購大件家具和收納小物。停滯的時間再度滾動，點燃共同的期待，在這一個其實不會長大的空間中，置入有別以往的動線和交談，烹煮食物分享，同看電視節目，挪移大小雜物等分割、套疊和塞擠家人之間多重交錯的軌跡，最後塵埃落定，物與人再次一起慢慢地變老。

抽空回娘家，篩選庫藏的音樂以陪伴我們母女。自童年起，當同齡的男孩子們在公園林間，以及還沒有那麼多高樓的城市荒地撒野，捉夏蟬鬥蟋蟀之際，我的蝴蝶就是音樂。它的飛行如此輕盈優雅，引我離開課業的康莊正途，獨自走進陌生的林子和野地。

在這個當下隔著時光的河流回望，手指早因荒疏練習而笨拙如鉛，視譜的速度也如跛足之人行走，跌跌撞撞。那些錄音帶和CD恍如蝴蝶標本，鱗粉漸次脫落、翅翼斑駁殘缺，〈郭德堡變奏曲〉、〈魔笛〉、〈熱情〉、〈牧神午後〉、〈夜曲〉、〈死公主之孔雀舞〉……這墳塚靜置於一個只靠父親軍旅收入拼湊維持的普通之家，若在浮誇的懺悔中仍殘存一點微光，或許僅因為我們已是準父母，虛擲了前半生的代價，將用下半輩子作為妳未來之夢的燃材。因此我並沒有特別迴避音符挑起的悲傷、無奈、失落、感歎、憤怒、恐懼、緊張、驚駭等一般認為「孕婦不宜」的情緒（感），相關研究指出，長期的壓力而非短暫心情起伏，才會對胎兒的人格有負面影響；妳出生的那一刻，不也將以哭聲（而非大笑或嘲諷）作為人生序曲的初次叩問？

也試著在有所觸動、想對妳說說話時，改以唱歌替代，想像自己正呼應遠古時代以聲音口傳歷史的傳統。尷尬的是，有歌詞的歌，即便是簡單如兒歌，竟沒一首能唱得齊全，總要胡謅幾句才搭得上樂曲的延續，像是一件襯衫很早以前掉了顆扣子，當時隨手補上，也無暇顧及風格顏色大小都不大符合，卻也湊合穿到今日了。雖然妳父親聽不過糾正了幾次，我也警醒自己有責任把正確的訊息傳遞給妳，卻如同在老儲物櫃表層草草塗鬆，用一陣子掉漆了，斑駁的本色又探出頭來。

有時唱著唱著，睡意跟著旋律的爬藤不請自來，偶爾感覺到妳在我肚子裡翻了個身，或輕輕地踢動雙腳，妳在音樂裡，我知道。我彷彿能看見那些記憶無從補滿的孔洞裡，有一個小女孩的眼睛（未來也將重疊上妳的），正好奇地向外張望，當時世界對她仍充滿了暗示，而語言依然具有無窮想像和詮釋的魔法。

這陣子妳父親每回返家後都不免感嘆，平日總是為生活折腰，分給老家的時間實在破碎不堪，「家人」的定義至此多少有些鬆動、搖搖欲墜。如何相應新的情感來重組空間的使用，以待來者，多少讓他感到落入失語的窘境。

一則新聞，一對來自菲律賓的連體嬰「玫瑰姊妹」到台灣進行分離手術。她們臀部相連，須切開直腸、肛門和會陰各自重建，台灣第一對（也是世界第一）成功分割三腿坐骨的忠仁忠義兩兄弟，也曾去探望打氣，他們現在也都是三十好幾的前中年人了。從不知曉自己父母是誰，他們一路仰賴各界的善意和彼此相扶成長，也工作，談過戀愛，甚至聯手詐騙弟弟的女友，身體雖然各自獨立，精神迴路的繞纏，很難同外人偕行罷。

朋友說，最好在生產前看完所有的懷孕、哺乳、嬰兒照顧書。其實要做的事情實在不少，收拾家裡、命名、講定夫妻分工、選擇坐月子的方式（居家、月子中心？），以及決定生產的醫院（小診所、私立醫院、大型教學醫院，何者較適合？）而每一樣都事關待產築巢的準備。

我們住在向別人借來的巢，無法改變硬體格局，但著實煞費腦筋考慮，如何把在時光之河漸次沉澱的雜物是挪移還是清除、是展示還是收藏，才能有一塊小小的清朗之特區供新的物件和記憶進駐，預支那一個軟軟綿綿卻又強旺的太平盛世光景——恆溫、無風、日照燦然善意、體香如金粉——以及我們即將交出的作息、飲食，甚至體重的控制權。

然而一天一天，仍像披星戴月的趕路人般慌忙忐忑，連蝴蝶裝、肚圍、抱嬰背帶、音樂鈴、灌洗器是什麼都不清楚，離進產房的日子即將進入倒數計時，彷彿恆常在行旅中的劇團，上一齣戲的面具、帽子、配飾還來不及更換，已經被推上舞台扮演新的角色般突梯而滑稽。

至於命名，也幾乎無所進展。偶有某些情境觸發，卻總是鸚鵡學語地重複那些取得太棒的名字（星馳、紫陽、聲川等），即探到聲音後面的巨大空洞；或者發明某些自以為是卻不實用的原則，比如第二字跟第三字，可以一實一虛，或包含顏色、大自然，會有一種境界上飛躍開展之類的歪理。至此才發覺自以為跟文字如此親密，但真正有感覺的私房字卻少得可憐。

名字是跟著妳一輩子的符號，像是在天地茫茫間先圈圍出一個形狀、決定一種根本的質地和意象，然後由妳來活出意涵，或者破格，若日後不滿意，還有一次拆除重建的改名機會。這簡直像在開公司，或辦醫院設學校了。而想稍稍逃避時，便把找答案的時間往後拖延，以為當妳真的出生，妳的氣質樣貌必定會讓紛繁蔓蕪的頭緒找到清楚的方向，但後來事實證明我們錯了，想像的受限和匱缺的部分，終須自己誠實面對。

由於高層次超音波檢查出ＶＳＤ，醫生解釋應無大礙，但仍被壽險公司針對二十八週以前寶寶規劃的保險拒保，再度挑起我們的疑慮。（真是這麼嚴重嗎？）也是到很晚才稍微理解，有些社會裡的體系，信誓旦旦地聲稱是要提供人們方便，並代為守護他們應有的權益——我們仍深信那是他們創業之初的可敬夢想，如今或許還有少數人能信守堅持——但後來卻因種種原因與狀況，更多的是欲望、責任、壓力，而變成使人陷於混亂甚至焦慮的來源。業績、獎金、升遷，使其更像是一種精算後的生意。

這於是促使我們，再花費近台幣三千元，到國內最具權威的教學醫院作一次複檢，確認妳的心臟完好無缺。彷彿修繕拆除了禁錮的鐵窗還是長久壓頂的天花板假牆，眼前一新，生活似乎又暫時獲得了安頓。

彷彿進入別人的夢境，在夢裡尋夢。

時記

「胎動是母親用來了解寶寶健康狀況最簡易的方法，如果寶寶平時活動水準完全改變，可通知醫生作進一步檢查確認。數胎動的方式，選擇吃飯後或睡前，左側躺放鬆，利用『一數到十』算算感覺十次胎動（只算大動作）要花多少時間。研究顯示，平均感覺到十次胎動約需二十分鐘左右。」

「寶寶還在嗎？」、「怎麼知道他／她會不會突然不長了？」

小生命的成長雖是時時刻刻，但變化卻如此細微，與母體聯繫的方式隱而不顯，在意時彷彿如蟻囓食母親的神經。無暇靜心計算胎動，或想要在孕期初期讓自己安心，也有人借助科技，購買胎心音器。

二十八週（8/24～8/30）

從醫院門診的樓梯往下步行，自偷得上帝的視角的短暫瞬間，一個小小的十字路口讓人窺視了命運輪轉的懸疑。

五個人，男男女女、老老少少，從衣著打扮，或許可以約略猜測他們在醫院外的世界的職業類別、經濟能力、社會地位的高低；然而，在這裡，路口的天平只衡量身體的健康與否。該往左或往右？直行或轉彎？哪一個方向朝向康復，哪一個又通往更多的受苦？

小時候，家中神案高處，垂掛著兩盞六角形的走馬燈，仿宮燈造型的雲紋骨架，綳著白絹布，墨黑的線條勾勒出山水煙邈的場景，並填上石青、藤黃和朱砂著色，末端紅色的絲線流蘇輕搖。到了夜間熄燈時，它們就亮了，絹布化身為投影幕，裡頭的仙姑、仙童、仙獸輪番上陣，騰雲駕霧，影影綽綽彷彿活生生的天上人間，我總是跟著看得入迷。直到某年大掃除，母親把燈取了下來打開清潔，才發現，仙人其實不過是幾枚簡陋粗糙的塑膠片傀儡娃娃。

病痛取下生活美好幻覺的燈罩，仍舊在原地團團轉的人們，為不可知的力量所擺布，竟也顯得有些茫然了。

夢的無限循環。幾年前，妳父親正經歷很長一段時間的、帶著妳爺爺和三爺爺輪流每星期去醫院報到數次，單人次掛號一星期平均下來超過每天一種科別診次的漫長絕望至少也是無感的旅程。彷彿走馬燈的鏤空剪影，腳下虛浮不再踏著實地般，有如他（們）隱然沒有說出口的，這麼做也不會有什麼改變的啊，但仍像是給彼此交代一般，掛號、排隊、應診、取單、繳費、取藥，周而復始，父子伯侄三人的許多時間都在等待中耗盡（更不用說進出醫院開刀房數次最後兩個老人皆像被磨折弄壞的破布娃娃，別無選擇將生活不斷重複的表象和實質乾縮成一張安養院的床）。唯一暫時打斷這鎖鏈束縛的，大概也只能是在等待的空檔，到附近的咖啡館坐一坐，換一個氛圍、氣味、聲音、走動的節奏、鄰桌的對話內容，他們感受一種無所依憑的孤絕，隨時可以走人將這一切拋掉與己無涉，於是反而得到了自由？

而再晚個兩三年，妳平日身體硬朗無病無痛的外公意外地摔了一跤，變得需要妳外婆扶持著慢慢走。那會不會其實也是一種等待的變貌形式？時間看不下去我們轟轟然一直朝著未來奔赴，不能稍歇，用這種方式逼使我們慢下來，檢視生活的擁有與匱缺？

如同小時候，每逢出門，母親總是牽著我的手，配合我的速度耐著性子慢慢地走（天曉得她是個多麼俐落的女性啊）。去了哪裡已記不得了，回想起來只有衣服是跳出黑白記憶畫面般鮮明的，那一件件恍若伸展台上表演的小洋裝，白色、粉色、小花的，高貴的大圓領、無袖、蛋糕裙、蝴蝶結，並綴有奢侈的蕾絲、荷葉邊，對照當時樸實的七〇年代，總覺得過於豪華隆重而超現實了，這是母親想要藉衣物為我遮擋出一個幸福富足的小天地，不受困難的家庭經濟、處處得省儉計較的寒傖所侵蝕的心思，所創造出來的夢的魔法麼？

空間總有一種驚人的寬容，等待使用者的定義來填滿它，且少有異議。兩位穿白袍的初老醫生，雙手優雅地插入褲腰，斜倚挑高的拱門，以專門術語討論著人體內部的奧祕，如家常閒聊。他們垂至膝間的白袍飄飄，彷彿自達文西名畫中走出的人物，把醫院變為學院，在依對稱和黃金比例建造的宏偉建築，享受知識的自由和尊貴。

而之於一位時間被擱淺的患者來說，醫院可能更接近被洪水淹沒的古沉船廢墟。在系統制式化運轉的一波波漩渦中，數不清的試管、針劑、掛號單、處方箋、鈔票漂浮其上自轉，唯一的活物，是高懸於上如桅杆的紅色號碼燈，和她不帶感情的機械音，以相同的音調和邏輯重複自言自語。「一百五十號，請到七號櫃檯，謝謝。」

求醫者是漂流木，聚集，復又流散。我從大廳至掛號處左轉緩行，看見他們迎面而來，錯身而過，有越來越多人以相同的姿態行走，皆一手僵直前伸，另一手以白色棉球按壓臂彎那柔軟的凹陷，表情流露出一絲忍耐。不必費力抬頭辨識那些文字密密麻麻的路標了啊，只要循著這些人的所來處，便能毫無困礙地抵達此行的目的地，檢驗大樓，為了妊娠糖尿病的血糖追蹤作複檢（分空腹和飯後一小時、兩小時施行，共需抽三支試管約十ＣＣ的血液量）。

未來或許有一天，妳將陪伴我再度造訪這裡，投身在人潮洪流中，像我的母親牽著小時候的我的手，像我牽著小時候的妳的手，妳我的立場將會對反，女兒牽著母親，也許一樣夾帶著自己生活被打亂節奏的複雜心情（若我們當初沒有寵壞妳以至於過於自我中心，對他人之痛苦無感，那妳應還不至於那麼「不孝」無視父母的衰老），卻是不斷地再現，或有一說，是償還，對於過往父母以生命換取兒女的生命，未來兒女也要如數交換奉還，對於逐漸老去的生命，等同於初生嬰兒的脆弱，而悉心照拂罷。

在發現所領取的號碼排在一百人之後，尋了個空位，坐下，摸了摸腹中二十八週大的寶寶，早晨九點，妳彷彿仍在沉睡。我的小女兒，我們現下共同經歷的一切，會在妳半明半暗的夢中，長成什麼樣的記憶景觀呢？在確定妳不受驚擾後，我將意識的主控權交給斜上方的電視節目（三面液晶螢幕走馬燈般播放旅遊、生活新知、動物奇觀、運動賽事……），然後徹底把自己化作一尊傀儡，加入壯觀的回轉飄浪行伍。

同一時間，妳父親正在另一個空間，於原則、專業、人際的微妙角力間周旋、相互牽制。我們在各自的夢裡繞圈圈。

《東京教父》。今敏監督。

來自耶誕節奇蹟般的贈與與溫暖祝福。

三個在東京街頭餐風露宿的街友，為了幫助在垃圾堆裡發現的棄嬰找回父母，他們離開邊緣的處境，闖入自己原來所逃出的、所謂正常的世界，再次與傷害和被傷害的家人們重逢、正面相對，並找到活下去的力量。

會不會這是一個母親的預知傷心紀事？一個孩子剛出生就在外頭流浪，守護天使（流浪漢們）雖然善良但還是教人諸多不忍；孩子純淨如白紙何辜參與他們（實際也就是，目睹著這故事發生的旁觀者我們）千瘡百孔、僅得餘力期盼一個奇蹟打救的人生？但也正因為這樣，才顯出新生命的無價尊貴。

垃圾堆，這或許正是這世界這城市金裝外衣下的真實形貌。到處是赫拉巴爾

《過於喧囂的孤獨》裡不斷重複著拋棄、回收的文明循環。

或許是做母親的戲言，我們因為迎接妳的到來手忙腳亂，把家裡變成像廢棄物處理場的混沌場域。然若經由帶領妳重新一一指認這世間諸般名字的過程，我們有可能恢復它原本的秩序，變成妳天覆地蓋、風吹草低見牛羊的自由開闊大草場嗎？

今敏這位彷彿「造夢泡泡機器」的動畫導演，作品的魔術總在模糊夢境與現實的分界。二〇一〇年八月二十四日，他因胰臟癌過世，享年四十七。借用里爾克《馬爾泰手記》的詩句：「他們人在書裡。偶爾他們會在書頁間動了動，翻翻身，就像睡著了的人，從一個夢境轉身入另一個夢境。」

h. 限制式

二十九週（8/31～9/6）

開始去參與醫院提供的生產、育兒相關課程（舊名媽媽教室，但現今迎接寶寶已不只是母親的事，於是改稱類似產前夫婦教育班或準父母班），開啟關於產兆、產程、母乳哺育、嬰兒照顧……等近未來旅程的想像預演，心情也許更類似在自己真正出發前，閱讀預知未來紀事的遊記範本。

根據課程規劃，來上課的有產科、兒科專科醫生，及護理師營養師，主題粗分為生產計畫（自然產、剖腹產和樂得兒——把產房的設備人力搬入病房，產婦不需換床，家人們也可以全程陪伴）、說明有助順產的拉梅茲呼吸法和孕期瑜伽、孕期產後營養知識（並特別安排乳頭檢查以協助未來的母乳哺育）、新生兒生理檢查、照顧須知、用品準備和嬰兒按摩等。

時間一到，一個個渾圓腹凸像天線寶寶的準媽媽們（包括我自己在內，多數有丈夫陪同），從城市的各處搖搖擺擺前來。我想像她們也許跟我一樣，離開家門後須先通過層層關卡考驗才能抵達。無可諱言的，我們的城市與移動有關的規劃，無論空間的尺度或時間的速度對孕婦來說，並不友善；於是，過馬路要警醒緊張如少年時玩過的一款掌上電玩「青蛙過街」，因秒數預留（特別是主要幹道）對孕婦來說實在太短，很難緩步慢行；而大多數較舊型的公車則要抬高膝蓋超過九十度，才能蹣跚爬上階梯，且即使是博愛座座位間距也過於狹窄，挺著肚子塞進去經常感覺呼吸受迫；捷運的無障礙電梯和通道往往須繞大圈遠路，或一層換一個電梯，正常人的腳力走來都吃力，何況孕婦（還不提拿拐杖和搬運大件行李的老者），且動線跟一般通道重疊交錯，人潮一多便很容易發生碰撞。我們腹中的孩子，未來的同年（期）生，也因此提早預支了他們對於城市節奏的集體記憶罷。

與其說，上課是為了對妳有更多認識，以將我們彼此的磨合期縮到最短，還不如視之為過渡成真正父母的未來實境秀。在還沒有妳之前，我們雖然以「把拔」、「馬麻」互稱，但心態上仍保持戀人、情人、家人的平等關係；然妳的降臨使這一切都即將成真、將填充有血有肉的意義內涵（於是我們真的要成為某人的父母了）。

那一張張教學幻燈片和影片的呈現，產兆怎麼判別？正經歷陣痛的產婦臉部表情有如一團任意揉皺的紙張，要不要打無痛分娩？拉梅茲呼吸法究竟是「吸—吸—吐」，還是「吐—吐—吸」？在旁陪產的先生要幫太太按摩哪裡才能放鬆減痛？有沒有水中分娩的選擇？可以使用產球減痛嗎？新生兒出生後會做哪些篩檢？如何判斷正常糞便的顏色和形狀？月子怎麼吃才算營養均衡並有助於乳汁分泌？哺餵母乳有哪些姿勢？在初乳階段奶量不多的情況下如何以徒手擠乳？——我們知道，再過不久，我們便不再能置身事外，不再能輕鬆彷彿沙發上臥遊的讀者，想從哪一段讀起哪一段停下或隨時鬆手假寐皆可隨意，不會影響誰——等到時間一到，我們會走入這些「遊記」，像兒時讀過（也許過剩）的遊歷冒險，主角離家進入一個與現實平行、相互指涉的虛構世界，在一段又一段的旅程中，成長為拯救危機的救世主，《地心歷險記》、《說不完的故事》、《愛麗絲夢遊仙境》，乃至於現在的動畫和電影《盜夢偵探》、《夏日大作戰》、《納尼亞傳奇》、《毫髮人》……等（此類故事傳統本身亦是一個說不完的故事罷），彷彿說著再平凡的人，都有可能在某個關鍵時刻，天地只剩自己一人般，如登山者靠著內在的聲音、力量，以及旁人的加油鼓勵，一步步登頂，其結果同時也讓他者獲得更好的人生。

這趟旅程的核心意義，或許是一種自少女時期模糊想像的神祕與禁忌的除魅之旅。對於乳房的隆起、乳頭的柔軟或堅挺、乳暈的顏色與是處女或性經驗豐富是否有關、下腹隱密如熱帶叢林的雨季與乾季的往復循環、生理痛、用哪一個衛生棉的品牌、性知識和姿勢的窺視與源於恐懼好奇的某些妖魔化扭曲、性作為某種維持關係或交換可靠未來的投資籌碼的思辯，種種關於自己身體認識的啟蒙，隨著與異性的來往實踐，皆逐漸如果凍般凝結定型（然仍停留在不談之祕，不會也不太可能公然跟父母分享，即使心知肚明，自己的女兒一定得做「那檔事」，他們才會有外孫女可疼），而現在終於來到最後的真實之門，一個至少重兩、三千克、體長四、五十公分的生命，居然要通過連性交都可能疼痛的狹窄產道和會陰，這需要多麼大的痛苦和張力來承受？

但現在卻能如此泰然自若地和眾多認識不認識的人分享、隨口聊上兩句，「預產期什麼時候？」「自然生還是剖腹？」「打算餵母乳嗎？」「吃什麼可以發奶？」而網路上更充斥著隨點隨看的水中生產、溫柔生產過程、哺乳姿勢教學的影片，政府某鼓吹哺餵母乳的單位甚而公開徵求哺乳照片，等於是合法公開的露乳寫真……從少女到女人到母親，這開關究竟是怎麼切換？或許同樣需要花費後半生的不斷回想來理解和詮釋罷。

如何選擇一個醫療團隊和醫生作為適合的嚮導，讓我們陷入了長考。他們的專業和態度不僅左右了旅程是否順遂的關鍵（特別是對第一次上路的我們），還極可能是孩子妳來到這個世界第一個看見的人，日後，若妳向我們問起自己的出生光景，會是誰來進入這一家三口初創世的故事呢？

好比，說話風趣、將生產過程故作平淡描述但其實非常善於「恐嚇」產婦要遵從醫囑的醫生。他風度翩翩，口才流利，提到剖腹產的縫合技術，仍不免幽默一番，說以前用線縫，預後既不容易平整還須拆線，現在只要用釘子釘一釘就好，就像釘釘書針一樣，不過這種縫合法雖然方便又漂亮，但生完還是不要太高興，免得肚子跟著開口笑喔。

也有經驗豐富但講話很冷、喜用特別比喻解釋的宅男型老醫生，非常負責，一年三百六十五天幾乎都在醫院（後來我們才知道這是因為個性太害羞且還頗富文采）。個子小小，大腦袋瓜髮線極高，說話和反應都很快，常讓人措手不及。比如產婦問他臍帶繞頸該怎麼辦？他回答，寶寶在肚裡喜歡打領帶，能奈他何？若有不願做羊膜穿刺的，他第一時間便回問，妳是基督徒嗎？是基督徒才會把孩子當成神的恩賜，無論是男是女、有無遺傳問題，都一定要生下來。而高層次超音波和一般超音波檢查的差別？有如圓山大飯店的大餐和小吃店的客飯。至於溫柔生產，他一聽了就有氣，難道從過去到現在婦產科醫生做的都不「溫柔」嗎？這名詞根本就是有問題！

男子漢型、視覺系潮男型、流浪漢型，也有把看診空間布置成有如高級汽車旅館、而本人像一尊笑彌勒的重噸位型。然說起他們的專業，皆有如天生的母語般，既流利又精準扼要，讓產婦一聽就懂（當然我們也有碰到說話比較夾纏，但絕對無損於他的親切和善不對求診者擺專業架子的醫德）。至於超人般不知休息為何物的醫生，在須隨時待命接生的婦產科來說，從不缺少罷。

妳會希望由哪一位醫生接引呢？雖然這是我們獨一無二的旅行，自己的身體和生產，理應要發展一套自己的觀點，要以產檢的短暫接觸作決定，實在有些困難，因為什麼都還未發生，無法先驗證醫術；或許由於雙方的專業差距，形成語彙的匱缺，以至於大部分還是聽的多，可討論的空間則幾乎沒有。

人口單位統計，預估民國一一一年，台灣人口零成長，一一六年起，每兩人要扶養一個老幼。而自一〇五年起，戰後嬰兒潮世代將形成退休潮，加重社會養老負擔。作家張輝誠在〈生生不息〉一文寫到，三十六歲是他父愛湧泉的分水嶺，先前從未想過要生子，當了父親，則是「小孩讓家庭有了光」。也曾聽聞朋友和朋友的朋友、同學們，都是在生育限制的終點前才返身作最後衝刺。我的同代人們，在集體恐懼著什麼呢？

三十週（9/7～9/13）

幾次產檢下來，體重約增加一公斤多，達五十六公斤，然而肚子大小，產檢醫生拿出一張有點破舊的曲線圖，指出由原先統計平均值的百分之五十，落到標準的最末尾，一百個人裡面的最後三人。的確小了點。平素檢查都只用皮尺測量、從不照超音波的他，輕描淡寫地開了張單子，約好隔天時間，來看一下罷。

標準，之於現在的我們的意義，不是社會地位、收入、考試排名等及其背後隱含的人生優勝劣敗、聰明才智（雖然我們也因長期習慣忽視以至於被提醒時仍不免會產生莫名的焦慮），而是關乎一個生命是不是可以順遂茁壯。我們心懷忐忑，究竟妳在我的肚子裡發生了什麼事，以至於生長幾乎停頓了呢？

在妳來到這個世界以前，標準早已存在，它被賦予帶有夢想色彩般的期待，懷著平弭這世間種種判斷價值皆混亂使之恢復秩序的悲願——好比，其中的一種，數字。其實數字從來都不只是數字，幾乎沒有什麼符號比它更加簡單明確，卻又乘載諸多意義的聯想。莫蘭蒂颱風八、九日在南台灣，恆春半島累積雨量超過四百毫米，豪雨的鐵蹄又將踐踏多少家庭？二〇〇一年九月十一日海洋另一邊發生的恐怖攻擊，二千七百四十九人的死亡，哀傷和恨意的總和豈止這個數字？或如我們喜愛的小說《博士熱愛的算式》，質數、偶數、虛數，本無血肉且冰冷，然當它們透過加減乘除開根號等算式發生關聯，竟可以隱喻一段無私的純潔友誼，或永無法如實的叔嫂苦戀。

當然，還有很多標準，將鋪天蓋地朝妳而來，如同我們是這樣長大的，而日後也極可能對其產生質疑。無論如何，我們最在意的，還是該如何「適當」地描述並逐漸教會妳，置身在任一種標準及其所承載的價值之內或之外，之前或之後，該用怎樣的心情省察自己的內心，怎樣的態度去對待在這標準體系中其他位置的「不同國」的人？

從有記憶以來遵循著的無數標準：制服。名牌。書包。頭髮的長度。上課鐘。聯考。文組，理組。大學排名。薪資收入。勞健保費。火車時刻表。計程車起跳價錢。從BB

Call到手機到iPhone。租房子或買房子或賴在父母家。律師、醫生，高收入；編輯、創作者，窮人。它們或者將某一時期的我們泯滅了某些個別的差異性，或者將我們推向人生的分水嶺，或象徵某種時代潮流不跟進在其中就彷彿被排除在進步之外。

曾天真且不知輕重地以為，能超越當中某些俗氣且過於簡化的分類，找到另類存在、例外的可能。然而，標準仍如影隨形，但我已能逐漸意識到，它不全是限制個人意志與行為的設計，更普遍地屬於共同生活於同一時空同一社會的人們互相適應彼此生活型態的默契：倒垃圾的時間標準化之必要。郵差總按兩次鈴之必要。半夜不開麥克風唱家庭卡拉OK之必要。個人室內整修裝潢須將公共電梯壁面貼以木夾板保護之必要。交社區管理費之必要……

說的也許有些離題了，但似乎也反映標準無所不在的實況。即便是近四、五十年來醫學的發達，讓生產的地點有將近百分之九十多是在醫院，方式則是在產檯上的自然產或剖腹產，卻也開始有新的選擇，既是一種部分的復古回到助產士在家中接生、不剪會陰、不裝胎心音計、不打點滴，卻又有水中生產的方式，企圖將生產的主導權、節奏回歸到產婦自身，是謂「溫柔生產」。標準之外，挑戰標準，失敗，或日後也可能成為一種標準。

關於如何看待和想像生產的感覺，溫柔生產著墨頗多——自然生產時的陣痛，是為了一朵花的盛放，是一種貼近古老自然的經驗，花熟而開，接著萎謝，如此神祕，依循文明難以規劃的時鐘，彷彿經歷一個從遠古時光傳到當下的不思議旅程。這些的確是現有重度依賴醫療的生產制度中，不易自醫生口中傳遞的經驗紐帶。

經仔細再以高層次超音波確認，妳的內外一切皆正常健康，體重估計約一千三百克出頭，的確是比較輕（但此資料為根據胎兒兩頂骨間距、頭圍、腹圍及大腿骨長度計算出的大略值，僅供參考），生長停滯的原因，可能是輸送營養的臍帶血管阻力較大（能通過的養分就少），常發生在母親太疲勞、晚睡熬夜。至於羊水過少，則多喝水多休息，而胎位尚未轉為頭下腳上，就試試膝胸臥式（以胸貼地下腹抬高雙膝跪地的趴臥姿）矯正矯正罷。

孕期的每一日，不只是除了懷孕還是懷孕的重複，孩子天天都不一樣。

時記

「寶寶現在的頭臀長略超過二十七公分，全身長約四十二公分，體重約一千三百五十公克。

宮縮所產生的疼痛，讓許多母親視生產為一個巨大的恐懼來源，並早早做好無痛分娩的選擇，但比較好的做法，是視疼痛為生產時的溝通者，一個訊號。如果出現的疼痛是可以駕馭和處理的，就表是子宮頸正在發揮應有的功能，如果出現不能忍受的疼痛，那表示是不正常、有異狀的，必須有所改變，對母親好的，對寶寶也好，是所謂的『美好的痛』。

母親要發展出一套自己疼痛的處理方式，並在產前勤作練習。試著先放掉恐懼，因恐懼造成肌肉緊張就會更加疼痛；學會配合子宮的運作，利用呼吸讓自己在宮縮間放鬆，宮縮期間放開；並配合心智想像轉化生產的疼痛，如想像陰道像一朵花開放，如把疼痛包裹，放進氫氣球裡飛離，或預先儲存些可以幫忙放鬆的影片。

若產房有提供產球、淋浴設備，或水中生產（目前國內醫療院所普遍還未引進），都可以輔助降低疼痛。醫療上也有協助產婦減輕疼痛的折衷方式，即輕量硬脊膜外麻醉，能有效減輕痛苦，但又不會完全奪去母親的身體知覺，讓她不至於跟分娩過程脫節，也能夠適時放鬆喘一口氣，再準備下一次的用力。」

上產前課程，與其說是為了在事前學會某些必要的技巧，或進一步了解生產醫院和醫師提供的支援，感受最深的是類似參與現場節目的錄影。每位坐在台下的觀眾，即便正在偷吃便利商店晚餐、喝水、用大包包佔位、接手機、作筆記、心不在焉、與丈夫品評其它孕婦的衣著肚子尺寸，未來某一刻都將出奇不意被主持人點名上台成為主角。表面的故作安閒下，隱藏的是微微的不安和興奮。

三十一週（9／14～9／20）

在不久後的某一天起，會跟妳一起重新認識生活裡的數字罷。也許會拉著妳的一隻小腳，放在小小的臉孔前，一根根算著那柔嫩如初生蕈類的腳趾頭，一、二、三、四、五，五、四、三、二、一。或者等妳稍大一些去散步，將會一起發現，生活裡處處無不是數字，電梯往下要按一，走樓梯下樓的話是十二階，過馬路等紅燈轉綠燈前，總共有五輛汽車、七部機車經過，從巷口的便利商店走到圖書館的行道樹，有十二株小葉欖仁，一百三十六塊路磚。我也會指著月曆，讓妳知道一年由十二個月五十二個星期三百六十五天組成，而會有某幾天和其他有所不同，比如九月十五日，這是來不及謀面的爺爺的生日，不會有蛋糕和壽宴，也沒有邀請朋友，唯一讓這一天變得特別的，就是默默地想念他。

在這樣的時刻，總是會盡可能放縱自己的想像：若公公還在生，也許仍困居在安養院裡，但是妳的到來，能教他枯燥拘束看不到盡頭的團體病榻生活多麼開心，多麼有故事可以炫耀，且該多麼有能量期待每一次妳的到來，親親妳的小臉蛋，且把妳攬在懷裡，儘管雙臂瘦軟乏力但能這樣溫存幾十秒鐘都好啊……

他一定會一直一直地記住並述說，寶貝孫女的生日，出生時辰，再以此為基礎，擴充到他的兒子、女兒、太太、媳婦、三哥，重複次數之多也許連每一段時間就會替換的外籍看護，都能聽熟了不假思索地隨口應答了罷。這是他的本命，也如召喚家人的咒語，彷彿《神隱少女》不忘記姓名的少女，只要牢牢記住這些符號，它們必定有一天能帶他找到回家的路。

櫻花鉤吻鮭的繁殖期從十月開始，經四十七天孵化，算一算，牠們都是天蠍或射手座寶寶。妳能夠偷得一點牠們存活在島上一百萬年的韌性和勇氣嗎？

限制式。多半的時間，計算數字總讓我們心浮氣躁，或許是因在現實中人們講數字，幾乎與金錢同義，它跟人一生擁有的時間很類似，是一種限制式。在希臘神話中，掌管時間的是宙斯的父親，他吞噬一切，然我們卻不希望日子只為金錢的累積而過，於是生活在現代資本主義社會，理財觀念仍停留在農業社會單純的賺錢和儲蓄，至於錢怎麼賺更輕鬆、怎麼花才經濟，實在沒太多概念。

保險就是一例。至今我仍胎位不正，羊水過少，限制妳轉正的空間和可能，剖腹產機率相對提高，尋求商業保險救濟的需求浮現。然而，拿出保單合約，才發現二十四歲被同事的朋友介紹投保，壽險附約的醫療險理賠範圍並沒有含括生產手術在內。想要加保，那位業務員早已不知去向，只能自己設法跟保險公司聯絡，得到的回覆是，已經懷孕，就無法購買相關產品，意即根本無法從繳交十數年的保險費中，得到些許保障的回饋。

雖然業務員沒有善盡告知責任讓投保人權益受損，的確相當可議，但回到源頭，問題其實是在於我們根本不了解自己花錢購買了什麼（從來沒有耐著性子看過每一條其實是非常切身、卻以如此制式化無溫度情感文字，寫就的條款約定。這不禁讓我們聯想起前兩年金融業出問題的海外連動債，包含我們親近的師長，也是在理財專員的建議下購買而受害），也沒有自己的規劃，才會這麼容易被他者的勸說、人情、小利牽動做出不智之舉。

實在也沒有自信，能夠教給妳什麼正確的金錢觀念，於是在沒有任何善意的專業資源可求助的情況下，我們獨力開始逐字逐條，研究各家相關的保險條款，那條約文字層疊繞口，且不時有專有名詞和某些假設情況換算的數字和精算算式，皆有如離開熟悉之地，去到陌生的遠方，荒郊野外，想討杯水喝借個廁所，只見某個暴發戶以長長的圍牆將土地圈圍，且牆頭還以層層鐵絲網纏繞，讓人不得其門而入。

這過程，還是很難不把保險視為某種詭計：想要保險，必先涉險；至少得有賭一把的心理準備。這或許是所有金融性商品的特質；總之沒有那麼好康穩賺不賠的事情。而雖然說都是看著孩子的未來，保險公司、業務員和孩子的父母看見的畢竟是不同的東西。

不像是年輕時總會有一兩位同學、師友熱中計算的生命靈數，那般理解肉眼看不見的抽象神祕，或者未來如戴著偏光濾鏡，為年幼的妳過濾生活裡的數字學習，現下能做的，就是記帳，非常實際的翻譯過程，需求↓物件（商品）↓價錢（數字）。

金錢如水中之魚，我們編織一個個網篩，學著怎麼收怎麼放——比如，迎接一個小寶寶，至少出生後六個月內要添購哪些物品？有哪些可徵求二手物資？須準備多少預算？

哺乳用品：奶瓶（二四〇毫升二支、一二〇毫升二支）、奶瓶消毒鍋（紫外線消毒烘乾機一台）、奶瓶夾一支、奶瓶／奶嘴刷一支、奶瓶清洗液三〇〇毫升一瓶、母乳冷凍袋／杯二十五包二盒、媽媽袋一個、配方奶四百克二十四罐、恆溫熱水瓶或溫奶器一個。

在麗嬰房購買紫外線烘乾機贈送兩大一小奶瓶和奶瓶夾，再添購小奶瓶兩支，母乳冷凍袋、溫奶器得自朋友轉送，媽媽袋以現成包包加裝分隔袋，最大項支出為奶粉，共七千兩百元，其次為烘乾機二千九百九十元，此類項支出總計約一萬餘元。

寶寶衣物：紗布衣六件、棉布包屁衣六件、初生褲三件、棉布和服六件、長睡袍二件、蝴蝶裝二件、連身衣（棉、厚絨）各一件、兔裝（棉、厚絨）各一件、帽子三頂、圍兜六條、襪子六雙、包巾一～二條、抱袋一個、毛毯二條、棉被一條、背巾（帶）一條、新生兒紙尿褲八包、紗布澡巾一打、紗布手帕一打、大浴巾四條、肚圍（厚薄）各一條。

最大項支出為紙尿褲，每包約可使用十天，八包共計約兩千多元，及個人衛生用的紗布、浴巾等零星花費，其餘皆來自朋友轉送的愛心物資。另購買布尿兜兩條、有機布尿布十二條、乾爽墊十二條備用更換，約三千餘元。

寶寶清潔、保養用品：嬰兒沐浴兼洗髮精、嬰兒乳液（滋潤及防曬）、雪花膏、浴盆、沐浴床或浴網、柔濕巾一箱二十四包、尿墊或看護墊三～四包、棉花棒、乳牙刷、安全指甲剪、耳溫槍、吸鼻器、餵藥器、嬰兒洗衣精、嬰兒衣架二十支、脹氣膏。此類項較雜，大項支出為濕巾約一千兩百元，耳溫槍、浴盆為朋友贈送，加總約三千元。

寢具車床類：嬰兒床、寢具床組、床圍、乳膠床墊、蚊帳、床頭音樂鈴、汽車安全座椅、側睡枕／趴枕、嬰兒衣服收納櫃、推車、手搖鈴玩偶等小玩具。嬰兒床、音樂鈴、安全座椅和推車等較大筆支出來自親友的愛心物資，床墊和枕頭約三千多元，床圍未購入，為擴充衣櫃新增組合式層架組和收納盒，約六千多元。

媽媽待產包：證件（健保卡／身分證／住院通知／媽媽手冊）、拖鞋、產婦衣物、哺乳衣、哺乳睡衣、哺乳衛生衣、頭巾、束腹帶／褲／腹夾、防溢乳墊、哺乳內衣、免洗棉褲、手動式吸奶器、乳房冷熱敷墊、疏乳棒、乳頭保護套、清潔棉、羊脂膏、個人盥洗用品（毛巾、臉盆、牙刷、牙膏）、除紋霜、緊膚霜、沖洗器、產婦用衛生棉、看護墊、杯子、餐具、冷熱水瓶、寶寶出院當天的衣服、包巾。

購入頭巾、束腹帶（約兩千元）、溢乳墊、哺乳內衣、冷熱敷墊、疏乳棒、保護套、羊脂膏，共約四千餘元。

妳的外婆是這麼描述的，「囝仔的事情，又多又細如貓仔毛（閩南話），做都做不完。」換算成數字，寶寶還未出生，就先花掉三萬元。若再加上例行產檢門診費、自費檢查、住院期間手術（非自願性剖腹產）、麻醉、病房、餐點等費用，教學醫院和私人醫院約需六萬多元，市立醫院一萬多，至少是一般上班族二到四個月的薪水了。

至於媽媽的重頭戲坐月子，決定選擇居家照顧，聘請彭婉如文教基金會仲介的月子保母來幫忙，二十二天為四萬元，料理材料費和藥材、米酒、薑……等另計。

此生至今，首次有如進行一項重大建築工事（夢想飼育、代數方程式），從小至一個零件的花色，大至結構、材質、承重力、工期、成本等的計算，皆傾注心力全程監控，每一步都戰戰兢兢不敢懈怠。只要能平安將妳健康生下，那喜悅，相形之下，實是無價。

三十二週（9/21～9/27）

訪友時在樓下偶遇一隻胖貓，白底、黑灰花紋如肚兜，看不出是流浪中或被誰飼養著。貓，善於摺疊時間的動物，眼瞳縮放如月之陰晴圓缺，老、貧、髒汙皆不近身。

醫院，是將時間褶曲攤平的長卷，坐望大河般緩慢，每一樣自身旁漂流而過的回憶、物件、文字和故事，陌生人的形貌、交談的碎片，浮光掠影，都能隨手打撈、拼貼、收藏或再度放手。我們幾乎忘了在不算遠的島嶼之南，水難永劫回歸般又在九二一重返，而隔日便逢月圓人團圓的中秋。

普魯斯特的弟弟說：「人只有在得不治之症或斷了條腿，才有時間去讀《追憶似水年華》。」妳的父親回想，他在妳爺爺仍頻繁進出或留駐醫院的那段時間，真的讀完半卷《追憶似水年華》，以及西班牙作家塞拉以馬德里咖啡館為場景、描述數百人的普通生活的《蜂巢》。

由於胎位不正，想尋求其他醫師的意見，於是到市立醫院找一位頗富盛名的產科醫生看診。坐在塑膠椅上，已經過了四小時了，仍未輪到叫號。

這或許是記憶中以來最緩慢的等待，不僅只是久，而是身體受限於這一單調的小空間，粉白牆、一式一樣的門扇僅以小小名牌標示屬於身體哪個部位的科別、回字型的走廊，還有，身旁那些坐著的求診者的表情，不時起身走動張望、歎氣、皺眉、甚不專心地讀著隨手取來的婦嬰雜誌，打毛線的、玩手機的、閉眼假寐的，彷彿反映著自己千重鏡像的倒影，而我們是困在迷宮中心、挺著滾圓肚子手腳浮腫雙頰長出苔蘚般黑斑的怪物。

漂流。回想從自己還是小女孩的時候，經歷過許多的等待（或許妳會複寫其中某一部分，但那時我恐怕早已遺忘許多細節以致不能提供什麼有用的建議），在學校，等朝會每天皆誦唱早已麻木的國歌升旗歌唱完，等老師發下成績單，等下課鐘，等母親把蒸籠蓋揭開空氣中麵香四溢，等總是出差在外的父親帶著禮物給我們驚喜……

然同時記得，上了小學一年級的某天，放學後的傾盆大雨，一個人坐在校門口警衛室外的塑膠凳上，只為等待母親送傘過來。路隊早就散了，校園逐漸由熱鬧變得冷清。

我出奇的冷靜，也沒有哭鬧，像是個旁觀者，看雨、看樹、看天看雲，嗅聞空氣飽含土壤濕氣的味道，偶爾也哼唱一兩首歌，就讓自己這樣的放空如此長的一段時間（實際上大約只有半小時），待天氣像翻過的書頁般變得清新而線條清楚，便跳下椅子，一個人走回家。

只可惜母親這一番為了訓練女兒獨立、不要忘東忘西的非常手段，仍無力矯正天生迷糊的性格歪斜。一路長大，東西仍一路忘一路掉。日後習慣扮演疏離的觀察者的根本性格是否源自於此？無論如何，她想必至今還在為我的人生擔心罷。

也想起未曾參與僅止於聽聞卻缺乏許多細節的，一九四九年大撤退的逃難行列。此刻或許差堪比擬嗎？人人都在等船或是等一張能讓自己與親族抵達健康無憂彼岸的船票，渾然不覺自己此刻正處於多麼凶險的幽黑洶湧水面上，亦沒有意識到，這一走，彼此之間維繫的情感便拉長了四十年，幾乎等於永別。

不像電影《海角七號》的日籍教師，瑟縮在自台返日的船上，背對著船塢，也背對著本約好一起私奔的台籍女學生，他於是開始寫信，把溫熱著、心跳著的戀情，一個字一個字釘在紙上，變成回憶的標本。那麼，此時若我寫信給妳，會想寫些什麼呢？

也許我會這樣寫著：關於有一天必定會來臨的分離，當妳擁有足夠的配備，父母的扶持顯得多餘而礙事，我們會把此刻預先為妳保留的、屬於生命最初始的記憶以文字封裝，曾經妳跟我的生命如此親密無間，共用一個維生系統，吸收相同的養分，一起感受季節的變遷，共同分享情感的溫濕變化（雖然那時妳不懂哭泣是什麼、大笑是什麼，只是一種血液濃度和化學物質成分伴隨肌肉血管神經傳導的收縮和擴張），這臍帶，將在妳出生後被多種形式替換——斷奶前的母乳、學走路時的牽手、學會語言時的名字，以及不斷積累的愛——總在離與合的雙重引力間擺盪，分開得越遠，回歸的引力便越顯強烈。因此，放心去探險吧。我們總是在原點，只要妳需要，就找得回來。

關於離開醫院後，妳在這世上的「第一個家」，我們在這裡已經是第三個年頭，四隻貓一開始就同在，關係上是妳的兄長和姊姊，年齡都是爺婆叔嬸了。有一間臥室一間書房（妳父親那位曾拜名師學紫微斗術風水堪輿的學長來家裡看過後，多了一個叫「文昌位」的角落，浴室裡多了一桶水用以聚運，門邊多放了一組書櫃當作擋煞的「山」），半間客廳，半個廚房。

「要發願，才能定住心神。」他說。

終於輪到我們應診。是一位表達能力很清楚且精力似乎無窮的醫生（門診數總是超過百位，且一週六天只要是下午開始的診，總會看到半夜），蓬鬆的亂髮無暇梳理，像漫畫裡行徑奧祕難以親近的科學怪博士。但我們仍一時間無法決定是否在此醫院生產，主要除了醫生外，整體環境、醫護人員態度、醫院周邊的機能（讓陪產和探訪的家人朋友方便找空檔休息或購物）、價錢等，都在評估的範圍。而妳父親暗地裡盤算的，則是別的「不切實際」設定：妳出生在這城市的哪個地區，生活聚落跟醫院是否比較有可能連結成更有故事感的畫面？未來若帶妳舊地重遊，「妳就出生在這家醫院」，會比較有形成完整延伸動線回顧之旅的潛力？

所以，仍舊在等一個決定或者說，關鍵契機。如果，妳能表示意見，是否認為父母實在太優柔寡斷了呢？當下可見的代價，延誤了去接回一早便送去獸醫院看診的兩隻老貓，牠們困在貓籠中過久而忍不住便溺，將自己弄得全身屎尿，這是對牠們極大的侮辱。二〇一二年的今天，米將二十四日凌晨走了，牠在臨去前幾天一直發出微弱的求救信號，等待我們伸手救援，我們卻彷彿陷入時間停滯的摺頁，就這樣無知無覺任牠的生命力一點一滴流失。

時記

「寶寶現在的頭臀長約二十九公分，全身長約四十五公分，體重約一千八百公克。各個器官持續的發育至完全中，肺臟和胃腸的功能也接近完整。寶寶喝進去的羊水，會經過膀胱再排泄至羊水中，所以寶寶在肚子裡時就開始練習排尿了。」

不知道童年時是否每個人都「玩」過，或曾被戲謔屈辱地「贈予」此類言詞：「你去吃大便啦！」、「XXX好臭，都偷喝自己的尿！」而留下或多或少的創傷記憶。原來，此言不虛，每個人都在母親肚內喝過自己的尿，只是知道得太晚，那個曾出口傷人的幼時玩伴，如今在何方？

約翰・伯格著，《我們在此相遇》。

「對游牧民族來說，過去和未來的觀念乃屈從於他方的經驗，某種已逝去或正在等待的東西，隱藏於另一個地方。……生命取決於找尋遮蔽。萬物皆藏匿。消逝之物乃遁入隱藏之中。而缺席——就像死者離開之後——感覺像是遺失而非放棄。死者隱藏在他方。」

妳出生前，我們一家仍未脫離游牧民族的生活姿態（而數十年前初抵這座島上的前數代人，他們也是移徙頻率更高的游牧民族），甚至盤算，未來妳進入正規教育體系之前的時光，也許是我們這小小三口之家能以最小負擔、如追逐陌生水草般次第遇見陌生人、拓展經驗領域的最後期限了。

當社會總是以安土重遷為主流，讓許多人把人生最好的部分質押在如何取得一個心安理得的定居所在，我們不是不想，只是，仍然好奇、仍想保留一絲可能性（也許真太過孩子氣的天真不通俗務），讓「生活在他方」成為日常生活的現實，憑藉一種對世界的謙卑認識——它是如此豐富超乎人們想像的邊界，從來便無法、也占有不盡囤積不來，我們只是借用，並深深感謝對於妳童蒙啟發和樂趣的無私贈予。

i. 曬雲

三十三週（9/28～10/4）

神經質。城市有兩樣事物無法掌握，一是天氣，一是未來。我理應作著一個夢，夢著妳經歷或未經歷的世界。那時風景已然幾番滄海桑田，台灣還是一個主權獨立的海島嗎？台北的版圖會變得更大或更小？捷運會再多幾條色彩繽紛的行駛線？公車還會在馬路上如喘氣的暴龍轟轟然駛過或是分別進入博物館和零件拆解場？妳抬頭時，會看到更多或更少的天空？住居、消費活動，將向上並且向下延展多少樓層？手機、哀鳳、哀怕，這些通訊工具也是個性、經濟能力與欲望的識別，到時會進化至第幾代以何種方式聯絡持有者的生活，或造成更多的誤解與壓抑？人們還願意並且無憂無慮地讓新的下一代出生？

最好奇但不敢多設問的，是在「妳的時代」裡，是不是還有任何人都可輕易辨認的，單純卻變化無窮的美？是不是還有不須依賴話語宣說、教團規誡乃至聲光效果，即可輕易傳遞、分享，且取用不竭的善？是不是還有不為媒體、輿論把持獨占，不馴於教科書般單向輸出卻欠缺對立面和辨證，無對錯立場但值得相信守護的真實？

當然，那只是一段段我不知如何拼串、編織的未來之夢的碎片。

城市的風向球滴溜滴溜地自轉，沒一刻不停，像一輛預期中行駛而來的公車，直到上車的那刻，才能確定車內有沒有空出的座位？博愛座被滿臉疲憊假寐的高職生霸占了嗎？有沒有善意的陌生人願意忍耐一時的不便、讓座給一個大腹便便的孕婦？銅板擲出，掉落，結果出現，無空位、無人讓座。這輛公車的天氣是大雨將至的起風時刻。

車行上山，覺得自己彷彿站在一葉飄蕩在激流中的小舟，而肚子裡還有另一葉在搖晃；或者，在無數稍閃即逝的念頭裡，逐漸認命了在此安家落戶、收斂起少女時期遠行之夢的這城市，也像是一葉在洶湧滔天、變化萬端的時代之浪中載浮載沉的小船，望不到前路的闃暗甲板，不時傳來死魚殘蝦和各般各樣廢棄物從半空中被急速拋墜的駭人撞擊巨響，岸邊的燈火忽遠忽近，忽上忽下，印象中從未有其他時候，感覺跟此處的聯繫如此刻命運共同體般強韌緊密，但在無數個下一瞬間又再度感到被拋至銀河彼端的疏離和寂寞。

不能不接著想像，或許這時代，自己無能俯瞰描述其全貌的巨大無具體形質存在，也是一艘無法回頭的小舟，眩暈般的斷斷續續晃蕩，才是日常生活的本質。

一旁中年婦女們對挺著肚子的我視而不見，也許她們長年被別人漠視，透明人、次等公民，因此也漠視別人，「以前我懷孕時也不見得有人讓座呀！」那或是對這世界的貶抑的無言報復；或無意識發出的挑戰，求救信號：若有任何一種意志、德行、力量能將這些婦人從這處境移動一絲半點，可能她們也能獲得救贖，拾起自己早已遺忘的良善溫暖。

游移的、浮動的，有妳懸而未決的正式名字，有我去婦嬰用品店文盲般無法準確對位和想像，那些物件跟妳、家中位置陳設、使用方式的關係為何？

如同受困一時一地抬頭從雲影認出千百種可能，一家人彷彿躲在那如蕈如枕、亦如撐開的傘幽幽地飄浮在頭頂的微翳雲朵下，忐忑地皺眉抬眼，猜度它是否會發展成雨雲，何時會降下煩惱的水滴？又或者晴空萬里。

妳父親說，別想那麼多了，來攝下隆起的肚子曲線罷，也許一輩子就這麼一次。啪擦～

啪擦，從相機的兩吋半小螢幕裡預覽成像，啊，真像某個午後去到某大學校園溜躂，在

叢生的草木間發現一個日晷，日光雖緩慢但確實一點一點偏移向終點了。

身體不再是私人祕密，它被公開，像故事和流言被傳閱，
甚至無意間被消費。

時記

「寶寶目前的頭臀長約三十公分，全身長約四十六公分，體重約二千公克。本週為足月分娩前七週，寶寶的體重從此時開始快速上升，這時的重量至少占出生時體重的一半。為了迎接家中的小小成員，仔細觀察居家環境是極為重要的，家中有人抽菸嗎？窗簾的繩子是否容易讓長大後的寶寶抓到？家具有無暴露的尖角？寵物的安置？各種物品的材質易產生過敏嗎？利用『築巢直覺』敏銳的時機，將家裡布置成最適合迎接新生兒的狀態。」

「築巢」能做到多少、程度多麼徹底，比如把家具全調整成適合孩子的高度，讓成人彷彿住在《格列佛遊記》的小人國，似乎不只考驗著母性，而事關是否把一個身高從四、五十公分起跳的小人，當成一個真正獨立的個體。

三十四週（10/5～10/11）

三十四週的第一天，趁著下山看感冒，到鄰近的婦產科診所，想確認胎位是否已經轉正。推開門，空間極狹，玄關矗立兩個像售票亭的領藥和掛號處，和三、四個相銜成一排彩色的塑膠椅，走道勉強容一人通行。時間像彎彎的逗號——往裡，朝向未來；往外，是一個未知被破除的未來。

診間裡，女醫生正等候著。大而明亮的雙眼在白色口罩蒙了半邊臉上閃耀，神情和善，ＯＡ桌、超音波儀器、凝膠，以及一些指認不出、形狀乖詭的不鏽鋼器具，築成她的長城。

這是個陰性的世界，從護士、醫生到求診者都是女人，我的體內也躲藏著一個未來的女人。

當妳與我終於透過螢幕相見，準母親歎了口氣，妳不僅沒有絲毫朝下轉的跡象，居然還頂著我的肋骨，頭上腳下人立了起來，以一種諧擬足球明星挺出額頭頂球的姿態，令人哭笑不得——一個生命無從干涉另一個生命的意志、行動，還這麼小，就已懂得表態。

胎神。當晚就寢前，被習慣制約的身體記憶讓我想也不想，仍翹起臀部、胸部貼床以此古怪姿勢固定不動，像一隻鬥志即將燒盡成灰的天蛾。隨著血液沖腦，某些遙遠的話語零碎倒灌重組，一個連接傳統禁忌的名詞閃現，那是「胎神」。

初知自己懷孕，妳父親朋友，兩個男孩的母親，曾告誡我要留意家中胎神的方位，那是我第一次聽到這個名詞。依稀記得她說，胎神啊，掌管了胎兒生命，通常附著在孕婦寢室、家中門楣、家具或器物上，並隨月令更換位置，祂與胎兒的心靈相通，驚擾祂就會牽連胎兒，造成先天上的各種殘缺，兔唇、耳聾、目盲、無肛，甚至流產。

看我無甚反應，她又補充說明簡易實踐版，「如果家裡布置要做比較大的更動，又懶得去查黃曆，就先用掃把在家裡四處拍打一下，算是告知囉。」

當時也沒有特別放在心上。現在想想，胎神的說法，實在頗類似日本陰陽師安倍晴明常用來使喚的式神，一個飄逸靈氣的女侍者，真身是大陰陽師吹一口氣而成的紙片小人。又或者是腹語師與機關人偶的關係，常有聽聞某腹語師搭檔技藝太過神出鬼沒，遭對手忌妒，趁深夜去破壞人偶，發現折斷的脖子流出了鮮血，人與偶早已互換靈魂。

按捺不住起身翻查手邊所有資料，多告誡不能拿剪刀、穿針、打釘、綑綁、修補房屋，就是沒有指出「胎位不正」是否出於對胎神的冒犯？鬆了一口氣，又自覺可笑。大概是總自恃相信萬物有靈，早於胎神，這個屋裡本應該有桌神、灶神、床母、門神，至於洗衣機、電視、電腦和三C產品，就不知歸屬於哪種神的管區，這麼熱鬧，活動範圍又如此貼近，它們又是何以維持和平共處？而胎神在家裡隨處棲止的習性，對於早就入住的祂們來說，大概也像是迎接一個不定性的孩子般，需要更多容讓了。

而神祕終歸屬於神祕。沒有人知道，在生產來臨前的那一刻，妳是否可能動念轉正，或繼續無人知曉的執著。

近來常在報刊上見到雲門舞集新作《屋漏痕》的介紹。編舞家特意將舞台傾斜八度，把人們習以為常的重力作用視覺化、具象化。

原來，生命有那麼一個強大的力量在牽引，無所不在以致成為一種理所當然的不察。

想像自己活在天才科學家被樹上掉下的蘋果打中之前的時代，有助於與疑問和平共處，順利入眠。

命名。這週天氣忽晴驟雨，冷熱失調。一年一度的國慶，在電視新聞裁剪後的幾分鐘花火過去了，那噴濺般鮮明的自焚，在即將臨盆的孕婦看來，顯得多麼象徵性地血腥。

妳出生前的倒數計日，命名的需求也益發迫近。長篇小說《巫言》文體諧擬漢賦，漢賦是人類尋找為事物命名的方式，以符號接近本質。然我們仍迷失在表相的密林中如無頭蒼蠅，胡亂聯想，恥笑彼此的愚鶩。

「海納」——朋友為改編自德國劇作家Heiner Muller《四重奏》的舞台劇作曲。欲望如蛇咬囓戲弄人性，蠍子座的本命？

「曬雲」——清洗妳將使用的布尿布和被胎，那在陽光中一點一點鬆弛膨脹的布團，如同雲朵短暫停駐人間。

一邊嘆氣，邊把筆記本上滿紙不會成真的荒唐名字撕下，摺架紙飛機，不留原始罪證，趁哪日天氣好到公寓頂樓放飛罷。

時記

「第六次產檢時可以自費進行胎兒生長超音波評估，了解寶寶的生長速度和判斷胎位是否正常。以及B型鏈球菌篩檢，有助判斷是否感染此菌。」

作完B型鏈球菌篩檢，異物感在體內盤桓良久不去。

三十五週（10/12～10/18）

為了迎接妳，讓妳一回家即被一團儲值在貼身衣物、包巾、床單被套枕套、尿布、紗布巾等的溫暖陽光環抱，趁著入秋連綿陰雨後終於放晴的日子，我們勤於洗滌並到頂樓晾曬有如萬國旗展示。但也暗自提心吊膽，因此間猖狂的竊盜之說，非常希望那些簇新的、來自友朋祝福和餽贈的物件，能快些折舊成平凡，不要那麼惹眼。

陽光明亮、陰影退散的心象，有如經常放給妳聽的莫札特音樂——春天明媚的花園，百花齊放，蝴蝶、鳥鳴、噴泉、陽光、彩虹，衣飾華麗的貴婦和甜美的小公主，在草地和森林漫步、野餐、聊天。

但頂樓實際上是荒蕪的。

超過三十年以上的公寓最上層，若沒有特別利用，大概就是眼前的光景——全體用戶的水管、瓦斯管線沿著地面和牆壁爬行，立在牆邊的共用天線、電線，水塔、機房，長年風吹雨打又疏於維護，無論地面、牆面原先是什麼材質，都蒙上一層灰，鬆動的裂隙總有幾株耐旱的先鋒植物攀附。這閒置的空間沒什麼特別的理由不會造訪（即使上來觀看年度煙火，也不過待個三分鐘至多半小時，且總是對熱鬧後的冷清感受更深），如同記憶死角，卻也有一種可居高臨下、可遠眺的野生開闊和自由。

老家的頂樓，有節儉的媽媽們把花壇改種各式蔬菜，儼然是個生機菜圃的雛形，或擺放幾張家中淘汰的桌椅、拉起帆布棚、架上小瓦斯爐，燒水泡茶泡咖啡，儼然是免費的茶棚咖啡館了，更有甚者，則有侵占空間之嫌疑地放上洗衣機、工作檯、家裡用不著的廢棄物，也不少見。妳父親老家的頂樓，偶爾還出現強力膠吸食者。

或許是頂樓長期虛擲的狀態，容易引來各種形式的入主。某個溽暑消退清爽如水的夏夜，一時興起，想趁蒼穹無月去樓上乘涼觀星。原本心存忐忑，以為會遇著濃稠膠狀物塗敷眼睛如盲的黑，卻分明看見，在聳起約有半層樓高的水塔塔尖，歇著一輪從天上溜下來的渾圓滿月，正吞吐柔和的月華，把闇黝的墨色暈開為濃淡不一的層次。驚奇之下，返身下樓去喚家人同看，再回來，頂樓已漆黑一片。

時記

「隨時都有可能生產，情緒上也會變得更敏感，更渴望獨處，也更有能力想像胎兒的容貌。或因為尚未作好充分迎接寶寶的準備而焦慮，為既定的分娩過程的漫長疼痛印象而緊張。」

至今沒有感覺妳有一絲一毫想要被生出來的徵兆。妳顯然對目前的狀態很滿意，胎動的次數和程度，像是個老成穩重的孩子。好珍惜這完全不靠外貌、言語所共存的，我們倆的祕密和平時光。

請不要急著來到這個顛仆流離的世界。

三十六週（10/19∫10/25）

災難。怪颱梅姬，陰雨連綿（間或大雨）籠罩台北和全台灣，幾乎占據整星期所有的新聞時段。滿眼滿耳滿腦灌入被情緒渲染的災難、災難、災難，竟也怪異地成為一種日常。

台灣人，誰說你們不是（太習慣）常常與災難（或潛在的災難現場）擦身而過？或至少是膽量不小的。水災、地震、走山、河堤潰決、SARS、登革熱、高溫，物價、房價飛漲，工程現場怪手就停在路邊，而行人從人行道空隙鑽過的驚險畫面，也不少見。

但人人彷彿都配備隱型的防護罩般，有一種事情不是（也將永遠不會）發生在自己身上的疏離和理直氣壯。

日常。這一週如常度日。仍因妊娠糖尿病做飲食控制，正餐無法吃飽，點心時間總是一天之中最期待的時刻。市立醫院的產檢門診依然大排長龍，我們問過輪到自己的大概時間，便去到附近的連鎖咖啡館等待。

叮咚一聲開門，差一點脫口而出「歡迎光臨XX航空」。咖啡座如經濟艙把空間利用到極致，平價的咖啡，平價的等待，平價的日常，平價的人生，而我期待妳的大翻身奇蹟依然沒有發生。

幾乎百分之九十確定要剖腹產了。由於無法配合這位醫生的開刀時間，於是打消轉院的念頭，猶豫多時的生產醫院和醫生，就這麼塵埃落定了。

在成為真正的母親前，受這一刀，成為某種象徵性的「災難」。母難日，疼痛，生命中的大喜悅要以血光之災來換取。

「究竟在肚子上劃一刀有多嚴重？」成為日常輕描淡寫的談資。從未受這麼大的傷，橫切約十三公分長一道拉鍊般的口子，「是開在『比基尼線』喔！以後夏天就真的穿比基尼看看有沒有露疤，不然就去醫院客訴」的笑話，似乎沒怎麼安慰到妳的外公外婆對女兒的擔心。

妳父親聊起傳說故事，明太祖朱元璋曾寫給閹豬業者的一副對子：「雙手劈開生死路，一刀割斷是非根。」或許差堪比擬吧？這意思我理解，人不好跟豬比，也不是因為生肖的巧合，而是要下決心的氣魄。

生態影片裡，數量多至幾乎衝破螢幕視框的鮭魚大軍，史詩般壯闊洄游；完成繁衍的天職後，牠們出生的溪谷頓時成為寂靜的死地，魚屍把原本清澈的水域淤塞為混濁的灰白色。天地不仁，以生命換生命。相較之下，被醫療資源環繞的人類母親，恐懼似乎是多餘的。

偶爾胡思亂想的心情，欲去還留的雨。妳的乾爹帶著兒子們特地上山，贈與一包超乎想像的天價紅包，且為妳算了出生時辰，生命中少數記得的、可以「操作」命運的時點。你父親笑說：「可不就像在挑未來的冠軍馬候補？」

更多命運交織的過往一瞬浮上心頭，辦公室的人事去留、密室投票捨棄誰的未來、如虎口的馬路總在窺伺失神的空窗，不論置身邊緣或風暴中心，我們已能掩去音量，讓它們以靜默之姿，退回為路邊風景。

《母儀天下》。黃建中導演，袁立、黃維德、吳軍、桑葉紅主演。故事背景為西漢宮廷，以歷經七朝中國歷史上最長壽的皇后王政君為主線，描述封建社會爭權奪利的後宮生活。

求一子對女人而言竟是如此艱辛。嬪妃的價值在於成為太子的母親，後宮橫流的欲望是外皮，內裡是權力。母親與自己獨生子的日益生疏漸行漸遠終至無法回頭的悲劇，其影響的幅度是一個國家的興衰和權力的移轉。

求子或爭子，引發家庭或家族戰爭，在此間不論是新聞輿論或是自製外購連續劇總不虞匱缺的情節，製播者愈播愈亢奮難以收煞，觀看者愈看愈焦慮卻更難以自拔，這或許是我們同代人中少數殘存的傳統魔咒。我已經算是相當幸運，並沒有來自長輩的任何期望、要求或壓力，妳是個在「順其自然」情境下出生的孩子，也未曾因性別、獨子單傳的理由，讓母親定要再拚搏一男嬰的可能，能夠以身為一個「人」的價值受到尊重、關愛和成長，是妳的福分。

不奢求母以子（女）貴，只祈求這以流失雙親時間如細砂聚成換取的生命之塔，能夠無愧於天地而屹立。

j. 繁花

三十七週（10/26～11/1）

假日早晨的十字路口。

兩個工人沒有休息，在誰人家二樓頂樓豎起的鷹架，卸下一張巨幅帆布房地產廣告。蒙塵的夢幻城堡花園摺出疲憊的皺紋，更新的夢正躺在一旁等待上架。

一位拾荒老婦，足上穿一雙不知是誰的大尺寸雪靴，身上短褲短衫搭拉著，慢騰騰地過街。她的背後是一個黑色大塑膠袋，窸窸窣窣，像是裡面裝著許多別人的人生碎片，彼此挨挨擠擠地低訴一個被棄的故事。

街角騎樓的瓦斯行前，一位滿頭花白的老伯將瓦斯桶扛上老機車後座架，踩動引擎，濃煙自排氣管朝後噴出，他亦瞇著雙眼點上一根菸，像是把自己的靈魂放空的儀式，讓身體單純成為一具謀生的機器。

兩個騎機車出遊的年輕男孩，將單腳跨在對方的踏腳板上、單手抓住對方的把手，從打扮、說話方式和肢體動作都如複製彼此的連體嬰，青春耀眼得讓人盲目看不出細節。

步行前往早餐店的少年夫妻，公車站裡挺直背脊準備上山健行的中年人，擠在狹窄人行巷道集體出遊的高中生們，蹲在老雜貨店前乾縮猴子似的看店老婦人，占用巷道擺麵攤的老媽媽，聽到叮咚聲就會反射性說「歡迎光臨」的便利超商店員……遠遠地一架噴射機劃過天際，一節全新的凝結尾緩慢地積聚，又從尾端逐漸消解，人們或者看見了，或者視而不見。

號誌燈的小窗格中，小綠人跋涉了六十三秒，終於跨過動與靜的邊界，變身為小紅人稍事喘息三十六秒。十字路口瞬間動了起來，所有人各奔自己的目的地，一秒鐘前的路口街景，如砂畫般被一隻不知名的大手全盤抹去，什麼都不留，只待下一個停時的到來。薛西佛斯的情境，負石登山的緩慢煎熬、瞬間墜落歸零的荒蕪，不斷輪迴重生覆滅，這是妳誕生前兩週之都市一景。

「妳會成為什麼樣的人？擁有什麼樣的命運？」眼前所見，他／她們也（曾）是某人之子或之女，命格和工作本無尊卑貴賤，但為何其中有些就是總惹嗟歎唏噓？是哪一個魔幻齒輪或螺絲，在某一刻鬆脫了？或是種種人生風景本就織構成更浩渺無垠的景觀，每個人都是他人生命運的局部零件，那些不堪聞問的部分其實是一無明意志的演繹，在漫長又短促的人生時間裡，仍見證了一些人之所以為人的重要訊息。

並不能預知，何時妳會真正懂得「受苦」這件事的感受與價值。就我浮淺認識，「少苦多樂」之於任何文明人都是徒勞的夢想或妄想，也正因如此，它才能被塗沐上一層祝福的溫暖光澤。

三十八週（11/2～11/8）

最近，想到要帶妳去哪裡，一動念，就上路了。這或許是妳帶來的改變，重新發現城市的美好，更在意妳即將落地成長的地方有什麼故事和經驗可傳遞。好比城郊外雙溪的故宮博物院，平日那裡總是擠滿了來自日本和對岸的觀光客，也是另有滋味，然若要好好跟幾千年的歷史相對，總嫌太浮動了些，週末的夜晚前往理應可避開塵囂。

沒料到居然巧遇花博的開幕活動，壅塞的車潮以圓山為中心往外輻射，我們被絆在大直，只好改道，卻意外展開生產前一週以公路為主題的城市巡禮。

「博覽會」。一路一景，一程一色。內湖區道路建築皆開闊但少人氣，如閉園後的遊樂場，只有燈光最繽紛。大直、石牌、北投區肅穆，熱鬧之處彷彿時髦的歐式日式小鎮，冷清處則像不太經心整理的後院。松山區若略過民生社區的特例，則有一種文化先鋒的草莽氣息。中山區常民文化與政治重心交錯的軌跡清晰。萬華區新舊落差大，如同老婦肩上騎著小娃兒，想博覽世界但又腳步踉蹌。繞道土城，道路變得顛簸，且路燈暗黝只見一重又一重汽車旅館、檳榔攤如逼近眼前的小山坡，是直接的邀約。大安區是知識、消費與休閒如三角戀情般纏繞無解。文山區，我們最熟悉依賴的空間，半文半野、半熟半生，總是在兩極之間來回擺盪。除了信義區與中正區，我們幾乎浮光掠影地走過了整座城市，而在印證先前對於各區的觀覽之前，第一印象，不是差異，而是全程陪伴我們的各色燈光，車燈、路燈、招牌燈、建築裝飾燈、透出窗戶的家戶燈火。

夏目漱石《虞美人草》寫道：「將一些從物質文化之中、篩選出的菁華集合起來便成為所謂的博覽會，為了想更深入尋求夜晚間的興奮與刺激，因此而設計出電燈照明景觀。這些對物質文化感到經常性麻痺的人們，只能利用刺激感來證明自己生命始終活著，所以也特地前來觀賞燈景照明，獲得那一瞬間的驚豔與亢奮。」

錯失了博物館，走到戶外，燈光博覽會如夜闇盛放的文明花園前來迎接。永遠不會忘記，在黯黝的車內，我們如透明的夜間蛾類，順著螢色閃閃燈火連綴起的航道，憑著本能滑行，意識逐漸催眠，融化在光之中。

其間，常有在車河中緩慢以秒速移動的時候，不免想起自己淹沒於眾家好友贈送的各年齡二手寶寶衣服堆中的茫然。妳的降生為我們對物質文明的多樣性打開另一扇窗，妳最切身的衣服、包巾的尺寸、款式、搭配時機、使用方式，仍像一飄洋過海的異文化，總還是讚歎可愛的多，認識得淺，甚至還把蚊帳錯認為是浴網，已經在媽媽朋友間傳為笑談。

人說：「穿舊衣的孩子容易養。」在空前富裕的當代，一輩子大概也只有這種時機了罷。也不無可能我們晚年住進安養院，屆時也得別無選擇地輪流穿著別人的衣服）。它們來自不同家庭，從款式、花色、質料、發黃程度、留下的汙漬多寡，也多少可以看出各自的生活偏好、品味、寶寶和母親的個性，推想這些，再和我們所認識的他們對照，別有一番看見另一面的趣味。

忐忑的是，當物件與身體和生活的距離仍遙遠，真能稱職地好好照顧妳嗎？

生命自會尋找適合的降生之處。

時記

「本週至四十週所出生的小寶寶都算是足月兒。生產是一個美好且難忘的經驗，如果先生願意，可以陪同太太一同參與小寶貝的誕生；若不想留在產房，也不需勉強。」

一個父愛橫流的丈夫，從不錯過太太懷孕期的每個階段，更不可能放過帶著攝影機進產房的重大時刻。當生命的初啼乍響，只聽見「咕咚」一聲，護士大驚，以為沒接到嬰兒，原來是父親太高興，又或者是被血光嚇著昏倒在地。

多麼像是個從書頁發霉、版權可疑的《笑話大全》讀到的老掉牙笑話。然越是此類碎片，越發蝕刻般地賴在記憶的銀鹽底片上不走，一個過時化妝的鬼臉，不再能使我們發笑，卻激起一分羨慕，要剖腹產了，丈夫是不能陪產的。

三十九週（11/9∫11/15）

分歧點。三十九週又四天，我們共乘的列車即將進站了。

大致商量好住院期間妳父親每天早晚回來餵生病的老貓進食、吃藥，和雙方長輩、親友確認來院看護的班表，裝入行李箱和大提袋的清單，不像去醫院反倒像要去哪裡旅行十天半個月似的，除了整理到出發前最後一刻的待產包，還帶有一套巴哈無伴奏大提琴CD和隨身聽、小小的喇叭（那是妳在我的肚子裡應該聽熟了的聲音，我們打算在暫留一星期的病房持續播放，作為子宮和新世界間的接著劑，減少妳的陌生感），及幾本如回應旅行的備用讀物，其中還包括一本字典。

妳父親特別選了一本董啟章的大部頭小說《天工開物・栩栩如真》，我隱約猜到原因，但日後新生命降臨的喜悅以及在醫院家裡兩頭奔波的勞頓，已把他休息以外的時間盡數填滿，這本磚頭般量感的書仍原封不動帶回家。

待入院紮營，時間已超過半夜兩點，被迫加班留下來等候的護理師，不免多念了兩句，「哪有人半夜摸黑來住院的？」這是我們生命情調的貫徹始終嗎？

多麼希望妳的出現，可以為我們撥快時間的指針。

就要見面了，過程似乎漫長，臨到頭來仍感覺有些措手不及。

對妳只有感謝，謝謝妳陪伴我走過這段美妙的旅程。我們不只一次猜測，妳的本質裡具有適時體貼他人的感性和智慧；再宿命一點想像，我們之間的緣分必然不是僅自此世發端。

本以為到預定開刀時間前仍有餘裕洗頭洗澡和小眠，卻發現一待進產房前的各項準備（著裝、量胎心音、血壓、血糖、小腹以下和陰部剃毛、掛點滴）就緒，天光已大亮，疲憊又興奮中，醫生前來做最後一次胎位檢查，確認仍未轉正，於是正式宣告：「那待會我們就把寶寶請出來吧。」

世界像一個萬花筒。躺在床上，任護理人員推動，以水平的視角看著病房、長廊的日光燈成排流動，門開、門關，停頓、啟動，換床、衣服打開、局部消毒，側躺、麻醉，插尿管，系統運作如水，我是小舟，把身和心都交出，以致於當醫生輕描淡寫問，「要不要請丈夫一起進來？」竟一時沒有意會過來（不知從哪裡偷渡的刻板認知，以為剖腹產是不能陪產的）而加以婉拒。

後來妳多情的父親不只一次地埋怨：「沒看到第一眼。」

有一天，當妳懂事了，我會告訴妳，在懷孕期間，妳父親偶爾會露出輕微的落寞表情，在我跟妳共乘的旅程中，他常常像個站在門外獨自抽菸的局外人（或者如隨扈在美國西部大開拓時代篷車隊旁、警戒著印地安人出草的騎警傭兵），車廂裡有他寄存的行李卻沒有他的對號座位。

而我則多少羨慕他還能保有些自己身體、飲食、睡姿和作息上的自由時刻（但是還是大半捐獻給工作）。

妳要離開我的身體了。臍帶即將剪斷，我們之間直接的、物質性的聯繫，終點站就要抵達，然後我們將各自換車，以兩個獨立分離的個體實踐相連的各種可能。

妳嚎啕大哭，間以用力地咳嗽，把羊水吐出，開始獨力求生的第一道運作，是呼吸。

護士將妳帶到我的胸前作肌膚接觸，我看到的是一個圓滾滾、尖下巴的小臉，被羊水泡腫了的眼皮如線，扁扁的鼻子，小巧的嘴，如金箔鍍鑄的面具沒有真實感（還來不及分辨哪些來自妳父親哪些是我的複製）。

先前再多的想像終於如實。

滿口吉祥話的護士，討喜地說：「這一天是醫生節喔，小女生長大要當醫生對不？」

我接著想到的是，它也是幾乎沒有人在慶祝的，中華民國國父孫中山先生的誕生日，占據各媒體頭條新聞的，是國內首位被收押定讞的總統陳水扁。

時記

「當宮縮更密集如海浪般而來，很難在宮縮間休息，即到了分娩第一階段的過渡期，這是陣痛最強最痛苦的時候，所幸時間大約只維持十五分到一・五小時，子宮頸將充分擴張，準備將寶寶往下推。到分娩第二階段推出寶寶時，母親最好憑自己的直覺配合宮縮的頻率掌握用力的時機，不必勉強配合醫護人員的指令，除非選擇無痛分娩，身體知覺不夠靈敏。到寶寶的頭先露，開始拉扯會陰，有的醫師會進行會陰切開手術（先跟醫生溝通此項手術的意願），再經幾次收縮，寶寶就會滑出到醫護人員手上或床上。待胎盤於五～三十分鐘間娩出，醫生作縫合，生產即正式結束。」

本來準備成為自己的故事，現在錯失為別人的版本。已無從比較，是否經歷了彷彿車輪輾軋般的痛苦將身體延展的極限狀態，會像打開某些隱蔽的開關，獲得跳越一個維度的智慧和能量，如同《火影忍者》小李的忍術隱喻。

我會因此更有母性的自覺嗎？更懂得感恩生命的奧祕嗎？還是反倒在妳掙扎於往一個光的小孔匍匐推進之際，那撕裂般的巨浪，在正式見面前，就已吞噬了彼此關係的完整，浮沫侵蝕橫流，傷口將永不痊癒？

就算再懷一個孩子，也未必能將答案生回來。

四十週（11/16～11/22）

繁花。有生以來頭一遭住院，身體歷經一種劇烈的覺醒：疼痛。

不只是因為下腹被劃開而對於痛感的輻射張力，以及承受力，有了前所未有的體驗，當然，畢竟（無從選擇地）錯過了體會那種生產前來自親友體驗、醫護體系產期教程，乃至於自己的想像，這幾種聲音加起來可能都難以描摹、比擬，更遑論追及（大多數產婦）漫長自然生產過程時所經歷的極度痛楚。

（自己的身體，有個部分正撕裂著；血管、肌肉、神經的連結在達於臨界之前就會被切斷，腦海一片空白，幾乎無從援引、召喚記憶中任一個發生在過去能與之相提並論的經驗；總算鬆了一口氣說「我過來了」的自己，笑著流淚著第一眼看見這個美麗又古怪的孩子極度感動著的自己，想跟全世界的人說明這孩子不是疼痛之子焦慮煩惱之子而正是天使化身是意志力之子愛之子的自己，此刻親人們僅蟲蟻大小剪影般都站在巨大黑暗隧道遠處彼端那一星半點光亮處嚶嚶嗡嗡低聲談笑著，與此刻的我與我的疼痛，與我疼極反而無感只覺脫力疲憊連睜眼都不易的身體，皆絲毫無涉，我感到好孤單；並且感到憤怒。只剩下這憤怒催逼自己生出新的一點支持的力氣來。）

（模糊地知道，那些跟自己差不多時間進入產房但卻選擇——或被迫選擇剖腹產的新科母親們都已經被推回病房了，她們的孩子正在接受清理與來到這世間最初的陌生人們的善意照拂，一會兒就要被送去給父母，或者暫時留在育嬰室裡讓那些特地遠道而來的親友爺爺奶奶伯伯叔叔嬸嬸阿姨哥哥姊姊們隔著一道玻璃窗指指點點。但是我還在這裡，我的孩子和我彷彿看不到盡頭的疼痛也都還在這裡，正欠缺默契地各自努力，要突破身體原本的構造和限制。因為知道，一朵花的綻放，需要注入多麼飽滿的能量，才能將緊閉的花瓣、花萼、蒂頭層層催熟、放鬆，最終完全張開而熟透，然後悄然萎謝。生命將以另一個形式延續。）

躺在床上，尿管已拔除，術後止痛劑也停掉，生產時以無感跳過的疼痛，現在開始反撲，而將來可能更極難以對妳言說的是，母親生產過程最疼痛幾近難以忍受的部分，竟不是來自被橫切開的下腹層層內裡、子宮以及恢復途中，而是來自於艱難地擠出最初幾滴維繫新生命、含高濃度抗體的珍貴乳汁。

它有如從藏身於地殼的深層礦脈挖掘出土的寶石，如冰河時期封存於極寒的古生物接觸空氣後吐納的第一口氣息，因奶水而宛如岩石般堅硬脹痛的乳房，即使擠壓了一小時，仍只得三ＣＣ，妳瞬間便飲完了。

慶幸的是，妳五體俱足。新的盛世展開。對於這個孩子，以及作為鏡像主體同時也是客體的我們，妳血緣與名義上的父母，也將開始全新的感受、思考和體驗。如何適當地接受、借鏡過來人的意見仔細觀察在全新起站階段的小生命的所有成長細節，而不人云亦云；如何在記錄的同時卻不錯過所有來自於妳所期望於我們的互動，而不粗暴地只是加諸命令、責詈、警告、攔阻，或者無視或者放縱，甚至只是為了滿足大人從妳身上恣意榨取、感官的揮霍或償補。即便我們的城市，依然無時無刻被一種不知何去何從的彷徨翻煎，懷抱世界第一公民的志氣，卻又有一種被現代性追趕的急就章；至少還有一種視角、一點詮釋、一些時間切片，預留在這一本小記中。

時記

「產後憂鬱症是許多母親會有的症狀，疲勞、生活和荷爾蒙的改變都有可能是原因。若受到很好的支持和照顧，憂鬱想哭的現象很快就會減輕。有些母親的母性本能覺醒較快，很自然就能跟寶寶建立親密的育嬰關係，但只要能夠遵循親子依戀（母嬰同室）、哺餵母乳、溫柔摟抱的原則，要理解寶寶的反應、喜好、習慣和個性將不是難事。出院回家後一個月內，有任何問題都可打電話至醫院諮詢。此後最好能建立或加入育兒支持的社群，向過來人請教、汲取經驗，除了幫助母親解決疑難雜症，也有助於發展自己的育兒方法。」

當然也還是太慢熟。不可能是那些成長小說、少年漫畫的主角，生來被賦予什麼奇異的天賦，人事物團聚如行星繞恆星，天崩地裂有時只為了讓本能覺醒，好承擔拯救世界（通常）的偉大任務。

從少女過渡到母親並沒有那麼偉大，甚至太普遍而平凡，一眨眼的事。然就細微處來看，一花一世界，母性本能的喚取原是需要這麼漫長的時間，不只是孕期甚且延伸到育嬰育兒期的某個未知的時點，來啟蒙、催生那埋藏在體內腦中不知哪裡、長時間被亂哄哄的風來雨裡的紛亂掩埋，一個小盒子從不見光的一粒種子。從抽象到具象，從子宮到果實，從胎藏到母性，彷彿經歷了星墜火滅地殼大變動般，走過來，像捧著一個細微到肉眼幾乎看不見的泡沫，輕輕地迸裂，又重新生出一整個世界。

他者之夢 10

《紐約浮世繪》。查理・考夫曼編導，菲力浦・賽摩・霍夫曼、莎曼珊・莫頓、蜜雪兒・威廉絲主演。

一個杜撰的劇作家身世，一齣紀實與虛構、欲望交織分不清的舞台劇，一個以城市為背景的說不完的故事。

一位劇場導演的平淡生活與面臨瓶頸的創作生涯，正漸漸走向崩解的邊緣。妻子帶著女兒離開他，與劇場職員與演員處於曖昧關係，又發現自己得了莫名的怪病，生理自主機能正一一喪失……。此時，卻意外獲得了暱稱為天才獎的麥克亞瑟獎，因此決定製作一部「含括一切」的大戲。

他在曼哈頓的一座倉庫裡搭建了紐約縮影模型，並召集了一批演員共同製作一部貼近自己真實人生的劇碼，試圖忠實而赤裸地呈現人生中殘酷、溫暖與令人心碎的片段。

妳誕生在我與你父親出生、成長的這座城市裡。妳我變成前後期的學長姊和學妹了，但作為教室甚至作為教師，這城市的面貌與內質又與我們成長的年代大不相同。

我們不只一次疑慮著，真的要在台北生下妳而不是別的城市，或者鄉鎮，或者山之隅水之濱？也不只一次想像，若妳不在這裡出生、成長，會不會變成一個更活潑健康、熱愛並且深刻了解生命萬物的孩子？希望妳是會呼吸的大自然的孩子，而不是無溫度無表情的城市冰冷建築物的無名豎子。

最後一次產檢結束後，我們帶妳到此間可能最常見但也最被忽略的，最像舞台也像片廠的一個地方，人去樓空、殘餘生活各種碎片的廢屋。

「你來扮演我。」或是「那個扮演我的人，偷走我的人生」這樣的劇碼也會在妳我之間上演嗎？最後我們居住的地方會不會也變成影片中那樣、如巨大荒棄片廠幾至一座城市規模的廢墟呢？

媽媽們的超時空通訊 2

給了你五臟六腑
我們還要準備在與你會面時
送給你幾個字

有人期盼那幾個字
護佑你免於苦厄
還能助你天時人和
有人期盼那幾個字
讓你頭角錚嶸大業成就

但，那幾個字
能賦予你靈魂嗎？
如果，我們眼下只看得見你的血肉
那幾個字將會領你進入什麼樣的世界？

如果那幾個字是具體的形象，你會很快找到認同嗎？
如果那幾個字是抽象的辭彙，你會喜歡寧靜中的思索嗎？
那幾個字會不會
把你的千萬種可能定為一尊？

最終總是要為你想幾個字
那是送你一輩子的禮物
輕盈卻如影隨形
陪伴你走向屬於你自己的未來

——資深編輯　**趙子晴的媽**

後記

漂浮不適應症

一轉眼，小女兒也到了擁有虛擬朋友的時候。

近來他是「大大」。以大大之名，女兒覆誦生活裡與自己有關無關的細瑣小事，像一個個憑空生出的蜂巢，寄宿著其實大多被她竄改主詞以致變成懸浮在現實九十公分以上（她的身高）的虛構「動態時報」：「我幫大大煮飯」、「我跟大大去游泳」、「我要帶大大到醫院看病」、「等大大回來就去玩溜溜（溜滑梯）」……且仍在裂殖增長中。

「那麼大大在哪裡呢？」我忍不住問。

答案有兩種。「大大在奶奶家。」（當我們在自己

家裡）

「大大在我們家。」（當我們在奶奶家）

（實則大大已於六月初離世。他是丈夫多年前在街頭相遇的貓，一路跟隨走過大半條曲折山路，於是就認了牠。）

也許這孩子理解死亡的方式，好似迷藏，總是那麼巧，身處不同房間彷彿平行世界錯過彼此。但如此地聲聲召喚我們大人都得要勉力握著什麼以免碎散了，於她，竟是出生後遭遇的第四次告別，以年紀而言這資歷未免太令人傷感。

生死皆一瞬，今是昨非，時光如持續冷凝硬化的琥珀，記憶是封存在裡面來不及逃逸的微小氣泡。有時幾乎已想不起，在兩年半甚至三年多前，世間還沒有這孩子參與的模樣。再妄想往前回溯，則越感滯礙，婚前戀愛思春成長童年降生，年輕歲月不應是人生的平原，開闊，清風爽冽的嗎？

而今星月人事皆隱沒。我手中握著的，就只是一把把從過往搶救下來的文字沙粒，卻也餘情難留，逕自裂解流失中。

書寫貼身觀察生命成長的神祕，為錯失全景而焦慮；盲目打撈時事和同代人經驗，有如弄潮者自掘碎片的廢墟；閉門虛設未來，屢屢陷入往事無從更正的回懺；極不確定但很可能是此生最大自由的時刻，卻止不住想鑽身蹲踞於最黑暗窄仄的縫隙。

在夢中它們長出海草貼著膚觸的黏膩，醒來總是暈眩。

像一段怎麼調整姿勢都無法把自己放鬆託付的旅程短

眠，以為坐到一把不合適不體貼的椅子，睜眼四下一瞧，怎麼原來自己已經離地。

每個有孕的婦女都身懷飛行石。屬於我的這一枚，（想必）非常努力地拉抬因多慮而笨重拖沓的我，以水母漂的姿勢，背光顛仆俯視人間起落一小回合。

成書前的大刀大剪修裁、洗刷、抛光，又像是歷經二次分娩。謝謝國藝會，也承眾多師友和母親們的寬容扶持，及設計子欽為本書接生出模樣，更感謝印刻初大哥、江姊、小玉的全力支援和適時提點。只是這一路上踟躕迂迴、挑挑揀揀，諸多貪戀更多放捨，想要為女兒預造未來的回憶寶盒，反覆捏塑倒更像個母性覺醒過程的歲月沙漏。只能乞望生命自會向光，而繞路，也算是一直以來漫遊情調的貫徹了。

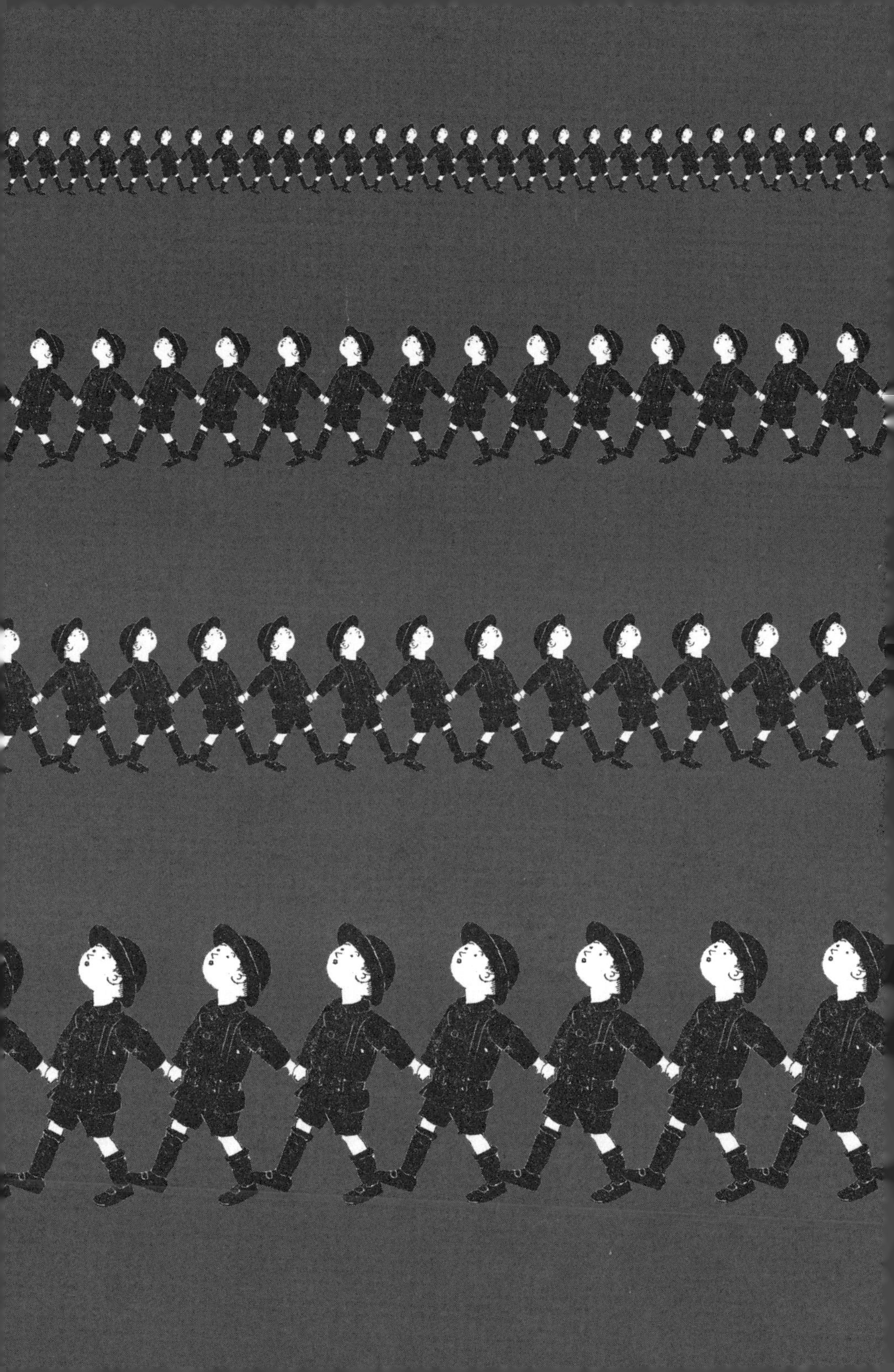

INK文學叢書 364

歲夢記

作　　者　王文娟
總 編 輯　初安民
責任編輯　洪玉盈
美術設計　黃子欽
校　　對　吳美滿　洪玉盈　王文娟

發 行 人　張書銘
出　　版　INK印刻文學生活雜誌出版有限公司
　　　　　新北市中和區中正路800號13樓之3
　　　　　電話：02-22281626
　　　　　傳真：02-22281598
　　　　　e-mail：ink.book@msa.hinet.net

網　　址　舒讀網http://www.sudu.cc

法律顧問　漢廷法律事務所
　　　　　劉大正律師

總 代 理　成陽出版股份有限公司
　　　　　電話：03-3589000（代表號）
　　　　　傳真：03-3556521

郵政劃撥　19000691　成陽出版股份有限公司
印　　刷　海王印刷事業股份有限公司
香港總經銷　泛華發行代理有限公司
地　　址　香港筲箕灣東旺道3號星島新聞集團大廈3樓
電　　話　（852）2798 2220
傳　　真　（852）2796 5471
網　　址　www.gccd.com.hk

出版日期　2013年7月　初版
ISBN　978-986-5823-15-3
定　　價　330 元

Published by INK Literary Monthly Publishing Co., Ltd.

國家圖書館出版品預行編目資料

歲夢記／王文娟 著.
--初版．–新北市中和區：INK印刻文學，
2013. 07　面；14.8 × 21公分. --（文學叢書；364）
ISBN　978-986-5823-15-3　(平裝)

855　　　102010639

財團法人|國家文化藝術|基金會
創作及出版補助